KB132181

혼불

훌훌

문 경 민 장 편 소 설

문학동네

1

 선생님의 교무실 컴퓨터 바탕화면은 코믹 재난 영화 포스터였
다. 무너져 가는 건물 옥상에 선 주인공의 얼굴은 눈물 콧물 범
벅이었다. 목젖이 보일 만큼 벌린 입에서 튀어나올 법한 소리는
하나뿐이었다.

 살려 주세요.

 나는 픽 웃으며 생각했다. 나라면 어떨까. 목에 핏대를 세우고
소리를 지를까? 온 얼굴을 우그러뜨리고 발을 팍팍 구르면서 악
을 쓸까? 그러지는 못할 것 같았다. 다른 사람들 제치고 굳이 나
먼저 구해 달라기는 어쩐지 염치가 없달까.

 "유리야, 조금만 기다려 줄래? 잠시만."

 고향숙 선생님의 손에서 자기소개서가 바스락거렸다. 나는 흘
러내린 머리칼을 귓바퀴 뒤로 넘겼다. 왼쪽 이마에 난 흉터에 손
이 갔다. 하얀 선이 3센티가량 비스듬히 내려온 흉터였는데 언제

어떻게 생긴 건지는 기억나지 않았다. 그냥 가끔, 긴장되는 순간이 오면 저절로 손이 가곤 했다.

나는 등받이가 없는 동그란 의자에 앉아 모니터를 다시 쳐다보았다. 어째서 선생님은 바탕화면을 코믹 재난 영화 포스터로 설정해 둔 걸까. 상영 날짜는 무려 3년 전이었다. 인생 영화로 마음 두기에는 너무 가볍지 않나? 혹시 저 영화에 아들이나 딸이 출연했으려나?

고등학교 2학년이 된 첫날, 담임 선생님은 자기소개를 하면서 나이가 쉰여덟이라고 했다. 첫인상이 나쁘지 않았다. 얼굴선이 둥글둥글했고 무표정도 상냥했다. 옷차림은 화사한 편이었는데 딱히 멋을 부리는 것 같지는 않았다. 선생님은 어제 교실에서 자기소개서를 나눠 주면서 자신에 대해 솔직히 써 주면 고맙겠다고 말했다.

앞 책상 아이에게서 건네받은 종이는 어찌 보면 무성의했다. 하얀 종이 상단 중앙에 '자기소개서'라는 문구만 박혀 있을 뿐 그 아래 황량한 공간은 빈 줄이 전부였다. 잠깐의 정적과 한숨이 지나간 뒤 교실에 닥닥닥, 닥닥닥 하는 볼펜 소리가 울렸다. 나는 볼펜 끝을 톡톡 두드리며 어떤 것을 적고 어떤 것을 적지 말아야 할지 생각했다. 첫 문장은 금방 적었다.

저는 서유리입니다.

그 뒤로 무슨 말을 적었더라. 뭔가를 꾸역꾸역 쓰기는 했다. 취미와 특기 같은 것들, 좋아하는 영화 장르, 좋아하는 가수와 배우, 친구 관계, 약간의 가정 사정과 성적 고민, 진로 고민…… 또 뭘 적었지?

고향숙 선생님의 시선이 검정 글씨 가득한 내 자기소개서의 중간을 훑고 있었다. 나는 입술을 살짝 깨물었다. 솔직하게 적으라는 말은 모호했다. 얼마나 적어야 솔직한 게 되는 걸까.

빼곡히 적은 문장들이 모두 사실이긴 했다. 도심 외곽의 2층짜리 단독주택에서 살고 있다는 것과 등교하는 데 40분쯤 걸린다는 것, 말이 많은 편은 아니지만 할 말이 있을 때는 분명히 하는 스타일이라는 것, 공부를 잘하고 싶은데 원하는 만큼 성적이 나오지 않는다는 것 등등 사실이 아닌 것은 없었다.

재킷 주머니에서 핸드폰이 울렸다. 할아버지에게서 온 전화였다. 나는 서둘러 통화 종료 버튼을 눌렀다. 고향숙 선생님이 나를 쳐다봐서 "죄송합니다." 하고 말했다. 선생님은 "받아도 괜찮은데." 하며 웃고는 다시 자기소개서로 눈길을 내렸다. 나는 선생님의 얼굴을 곁눈질했다. 웃는 모습이 자연스러운 얼굴이었다.

2학년 교무실은 학년 초 상담을 하는 선생님들과 학생들의 대화로 조금 소란했다. 학년 초 상담이 필수는 아닌 모양이었다. 2학년 일곱 개 학급 중 상담을 하는 학급은 셋뿐이었다.

고향숙 선생님이 자기소개서를 책상에 내려놓으며 말했다.

"유리가 글을 잘 쓰는구나."

나는 어색하게 웃어 보였다.

"할아버지와 둘이 산다고?"

적을까 말까 고민하다 적은 문장이었다. 알리고 싶지 않은 복잡한 가정 사정의 일부였다.

"무슨 사연인지 물어봐도 되려나?"

이마 흉터로 또 손이 올라갔다. 내 표정은 난처했을 터였다. 고향숙 선생님은 눈가에 웃음 주름을 잡고 내 쪽으로 허리를 숙였다. 나도 모르게 선생님 쪽으로 몸을 기울였다. 선생님은 작은 소리로 말했다.

"나도 가정사가 꽤나 복잡했어."

나는 눈을 깜박거리며 고향숙 선생님의 얼굴을 쳐다보았다. 선생님은 천연덕스럽게 화제를 돌렸다.

"이 정도면 성적도 괜찮고……."

하하, 설마요. 내 성적은 대체로 3등급 정도였다. 국어만 2등급이었다. 중간을 조금 넘는 수준이랄까.

선생님의 질문은 친구 관계로 이어졌다. 고향숙 선생님은 우리 반 분위기가 어떤지, 우리 반에서 나와 친한 친구는 누구인지 물었다. 7반의 주봉, 미희와 친하다고 말하려다가 미희 이름만 댔다. 주봉을 이야기했다면 선생님은 "혹시 남자친구?" 하고 농담을 던졌을 터였다.

고향숙 선생님은 내가 학원은 다니지 않고 인터넷 강의만 듣는다는 말에 놀라는 표정을 지었다. 진로를 묻기에 특별히 정해 둔 진로나 대학은 없다고 했다. "일단은 최대한 내신 등급을 올려 보려고요." 하고 말하자 선생님은 "너무나 바람직한걸?" 하며 또 웃었다.

상담은 무난하게 마무리됐다. 선생님은 내게 다음 차례인 세윤을 불러 달라고 했다. 나는 일어서려다 앉아 있던 의자를 뒤로 넘어뜨리고 말았다. 가볍고 요란한 소리가 울렸다. 모든 시선이 내 쪽으로 쏠린 것 같았다. 얼른 의자를 잡아 세웠으나 손이 둥근 테두리에 미끄러지면서 의자가 다시 쓰러졌다. 동그란 의자는 허둥거리는 내 발에 채어 데굴데굴 굴러갔다. 뒤에서 웃는 소리가 들렸고 얼굴이 화끈거렸다.

나는 의자를 선생님 앞에 세워 두고 종종걸음으로 교무실 문을 향해 걸어갔다. 문을 열자 바로 앞에 남자애 한 명이 서 있었다. 세윤이었다.

"네 차례."

"응."

세윤이 옆으로 비켜섰고 나는 재빨리 복도로 빠져나왔다.

"끝났냐?"

주봉이 씨름 선수 같은 커다란 덩치를 건들거리며 히죽 웃었다. 주봉 옆에 서 있던 미희가 안경을 치켜올리며 나를 향해 하얗고 가느다란 손을 흔들었다. 둘의 모습은 곰과 토끼 같았다.

나는 주변을 두리번거렸다. 복도 바닥에는 주봉의 큼지막한 검은 가방뿐이었다.

"내 가방은?"

주봉이 바지 주머니에 양손을 꽂고 무릎을 굽혔다 펴면서 노래하듯이 말했다.

"네, 가방이, 어디에, 있을까?"

미희가 눈을 위로 굴리며 고개를 절레절레 흔들었다. 주봉의 어깨에 하얀 가방끈이 보였다. 나는 손바닥으로 주봉의 팔과 어깨를 치며 말했다.

"야, 내놔. 내 가방이 왜 네 등짝에 붙어 있는데?"

주봉은 우스꽝스러운 표정으로 "으악!" "아악!" "살려 줘!" 하고 말하며 가방을 벗어서 건네주었다. 가방에 온기가 남아 미지근했다. 나는 가방을 툭툭 털고 등에 멨다. 주봉이 웃으며 말했다.

"담임이 뭐래냐?"

나는 주봉의 눈을 쳐다보며 정정해 주었다.

"뭐라시냐."

주봉은 미희를 보며 물었다.

"얘 뭐라는 거야?"

미희는 한숨을 쉬고는 작은 목소리로 말했다.

"유리 마음에 들었다는 소리야."

"뭐가?"

"유리네 담임 선생님이."

주봉은 짝, 짝 손뼉을 쳤다.

"진짜? 진짜? 대박, 우와 대박!"

미희는 눈가를 살짝 찌푸리고 복도를 둘러보며 "주봉아, 목소리가 너무 커." 하고 말했다. 주봉은 미희의 반응에 얼른 목소리를 낮추고 "내가 또 그랬나?" 하며 손끝으로 목을 긁었다. 나는 미희의 어깨를 툭 치며 말했다.

"먼저 간다. 내일 봐."

"야야, 미희랑 나랑 다음 순서야. 우리 담임은 10분으로 끝내는 거 같더라."

나는 픽 웃으며 말했다.

"너랑 10분으로 끝낸다고?"

주봉은 누구와도 스스럼없이 말을 섞는 스타일이었다. 급하고 강한 성격 때문에 선생님들과 부딪치기도 했지만 그런 주봉을 좋아하는 선생님들이 더러 있기도 했다. 회색 턱수염을 기른 주봉의 작년 담임 선생님은 "이 녀석은 장사를 하면 대성할 놈이야! 자갈을 금값에 팔아 치울 놈이라니까?" 하며 주봉의 널찍한 등을 팡팡 두드렸다. 주봉은 "자갈을 금값에 팔면 사기꾼 아니냐?" 하고 투덜거렸지만 나와 미희는 주봉의 담임 선생님을 두둔했다. 충분히 가능한 미래라고, 선생님이 신기가 있으신 모양이라는 말도 덧붙여 주었다.

미희와 주봉에게 손 인사를 하고 계단을 내려갔다. 복도에서 바라본 현관 밖은 눈부셨다. 나는 운동장 가장자리 인도를 따라 걸었다. 차가운 바람에 보드라운 기운이 스며 있었다. 이파리 같은 꽃잎을 흐드러지게 펼친 자목련, 백목련이 제법 화사했다. 다음 주면 4월로 넘어가게 될 것이고 벚꽃도 꽃잎을 열 터였다. 또 핸드폰이 울렸다. 할아버지 전화였다. 통화 버튼을 누르려는데 벨 소리가 멎었다.

고개가 옆으로 기울었다. 할아버지가 이 시간에 내게 전화하는 일은 없었다. 실수였다 해도 두 번은 아무래도 이상했다. 나는 걸음을 멈추고 전화를 걸었다. 할아버지는 통화 대기음이 한참 울린 뒤에야 전화를 받았다.

"전화하셨어요?"

할아버지는 말이 없었다. 핸드폰 너머로 날카로운 경적이 들린 것 같았다. 할아버지의 깊은 숨소리가 간격을 두고 두어 번

들렸다.

"괜찮으세요?"

대답 대신 또 한숨 소리가 들렸다. 불길한 예감에 신경이 곤두
섰다. 나는 주먹을 가만히 말아 쥐었다. 할아버지에게서 무슨 말
이 튀어나오든 당황하고 싶지 않았다.

"무슨 일 있으세요?"

할아버지가 나지막한 목소리로 말했다.

"정희가 죽었다는구나."

귀를 통해 들어온 문장이 등골을 타고 아래로 흘러내리는 것
같았다. 머리털이 쭈뼛 섰고 심장이 오그라들었다. 할아버지가
정희라는 이름으로 부를 사람은 한 명뿐이었다.

"일단 집으로 와라."

전화는 그대로 끊겼다. 나는 우두커니 서서 발끝을 노려보았
다. 아는 사람의 죽음을 통보받기는 처음이었다. 어떻게 반응해
야 할지 알 수가 없었다. 갈피를 잡을 수 없는 어정쩡한 감정으
로 나는 혼란스러웠다.

할아버지의 딸 서정희.

서유리의 엄마 서정희 씨.

나를 입양했던 사람이었다. 나를 버린 사람이었다. 함께 살았
던 시간은 3년이 전부였다. 엄마 서정희 씨는 나를 할아버지에

게 맡겨 두고 집을 떠났다. 마지막으로 본 게 여덟 살 때였던가.

나는 가방 앞주머니를 뒤졌다. 껌 통을 열고 둥그스름한 자일
리톨 껌을 하나 꺼내어 입 안에 넣었다. 껍질이 어금니에 부서지
는 소리가 들렸고 달짝지근한 향이 퍼졌다. 하나로는 부족해서
하나 더 꺼냈다. 숨을 들이마시고 천천히 턱을 움직였다. 그제야
발걸음이 떨어졌다. 혀 밑에 고인 침이 썼다.

2

장례식이 끝났고 연우가 왔다.

간밤에 지나간 비로 마당이 축축했다. 녹슨 철제 구조물에 엉 킨 등나무 가지에서 연둣빛 잎이 돋아나 있었다. 적색 벽돌을 비 스듬히 꽂아 울타리를 두른 화단에는 민들레와 냉이꽃이 꽃대 를 올렸다. 나는 거실 유리창 너머로 마당에서 혼자 노는 연우 를 쳐다보았다. 연우는 눈가를 찌푸리며 쇠꼬챙이로 귀퉁이가 깨 진 석등을 집요하게 쑤셔 댔다. 젖은 낙엽을 긁어내는 게 재밌 는 모양이었다.

엄마 서정희 씨가 남기고 간 아이였다. 하얀 얼굴에 눈망울이 컸고 얼굴선이 고왔다. 연우의 콧날과 살짝 처진 눈꼬리에서 엄 마 서정희 씨의 얼굴이 보였다. 연우와 나의 공통점은 두 가지뿐 이었다. 하나는 둘 다 이름 앞에 '서'라는 성씨를 두었다는 것, 다 른 하나는 둘 다 아빠를 모른다는 것.

서정희 씨는 나를 맡겨 두고 떠난 뒤에도 명절이면 이 집에 오곤 했다. 서정희 씨의 얼굴은 간신히 살아가는 사람처럼 불안하고 초조해 보였다. 신경질적으로 손톱 거스러미를 뜯었고 눈길이 불안하게 흔들렸다. 직접 차를 몰고 왔는데도 몸에서 시큼한 술 냄새가 풍겼다. 바퀴벌레가 시도 때도 없이 출몰하는 집이어서였을까. 서정희 씨는 잠깐 머물다가 못 올 데 왔다는 것처럼 서둘러 떠났다.

마지막으로 엄마 서정희 씨를 보았던 건 내가 여덟 살이던 해의 추석이었다. 그날 서정희 씨는 갓난아기를 안고 왔다. 이름이 연우라고 했다. 서정희 씨는 그때도 앓는 사람처럼 낯빛이 컴컴했다. 아기를 돌보는 손길도 매정했다. 연우가 울면 귀찮아했고 배고프다고 보채면 짜증부터 냈다.

나는 방바닥에 누운 연우 앞에 서서 이마의 흉터를 한참 동안 문질렀다. 서정희 씨에게 진짜 아기가 생겼다는 게 놀라웠고 두려웠다. 언젠가는 엄마 서정희 씨가 내 옆으로 돌아올 거라고 기대하던 때였다.

그날 밤, 서정희 씨는 잠든 내 옆에 앉아 조용히 울었다. 숨결에서 술 냄새와 고약한 음식 냄새가 났다. 서정희 씨는 내게 말을 건넸다. 미안하다고 했다. 자신도 자신을 어쩔 수가 없다고 했다. 잘못하는 거 아는데도 내가 이러고 산다며 흐느껴 울었다. 서정희 씨가 띄엄띄엄 쏟아 놓는 앞뒤가 맞지 않는 말들을 나는 자는 척하면서 다 들었다. 내게 하는 말을 계속 듣고 싶었으나 이야기는 이어지지 않았다. 내 방으로 할아버지가 들어왔고 두 사람은 거친 말을 주고받으며 싸웠다.

아침이 밝자마자 서정희 씨는 인사도 없이 연우를 안고 문밖으로 나갔다. 기분 나쁜 소음을 내던 캐리어 바퀴가 마당에 깔아 둔 벽돌 틈에 끼어 버렸다. 서정희 씨는 자지러지게 우는 연우를 내려놓고 캐리어 바퀴를 빼내려 들었다. 유리창으로 밖을 보고 있던 나는 할아버지에게 물었다.

"연우 아빠는 어딨어요?"

할아버지는 창밖에 시선을 둔 채 낮은 목소리로 말했다.

"모른다."

나는 할아버지를 빤히 올려다보았다.

"왜요?"

할아버지는 내 얼굴을 가만히 내려다보다가 입을 열었다.

"모를 수도 있는 거다."

잠시 멍한 기분이 들었으나 그 말은 금방 이해가 됐다. 모를 수 없는 것도 모를 수 있었다. 나는 나를 낳아 준 아빠와 엄마를 몰랐다. 서정희 씨가 어째서 저렇게 살고 있는지, 어째서 할아버지와 서정희 씨의 사이가 틀어져 버린 건지, 어째서 입양할 때부터 서정희 씨의 남편이 없었는지도 몰랐다. 모르는 게 많았던 건 할아버지 때문이기도 했다. 할아버지는 나와 말을 잘 섞지 않았다. 대답할 말에는 짧게 대꾸했고 내키지 않는 질문에는 아예 반응하지 않았다. 그 태도는 고등학교 2학년이 된 지금도 동일했다.

나는 할아버지에게 다시 물었다.

"엄마는 이제 안 와요?"

할아버지는 말했다.

"없었던 셈 쳐라."

기가 막히긴 했지만 내가 어찌할 수 있는 일이 아니었다. 나는 고개를 끄덕이는 것으로 할아버지의 말을 받아들였다. 연우 때문이기도 했다. 앙증맞은 손을 조몰락거리며 입을 벙긋거리는 연우는 내게 큼직한 바위 같았다. 엄마 서정희 씨가 내 곁으로 돌아온다고 해도 연우가 당당히 차지해 버린 자리를 비집고 들어갈 자신이 없었다. 연우를 내려다보던 서정희 씨의 매서운 눈길도 엄마의 빈자리를 치워 버리는 데 상당한 역할을 했다.

서정희 씨는 캐리어를 자동차 트렁크에 던지듯 싣고 연우를 뒷좌석에 앉혔다. 거실까지 소리가 들릴 정도로 세게 차 문을 닫았다. 문을 닫기 전 나와 할아버지를 쏘아보았던 것 같기도 했다. 엔진 소리와 함께 서정희 씨의 차가 시야에서 사라졌다. 그 뒤로 다시는 이 집에 찾아오지 않았다. 그게 내가 기억하는 엄마 서정희 씨의 마지막 모습이었다.

지금이야 그 시절을 돌이켜도 무덤덤하지만 당시에는 제법 힘들었다. 정체를 알 수 없는 감정이 혼자 잠든 내 방에 불쑥 들어와 온몸을 사정없이 난도질하고 떠날 때가 한두 번이 아니었다. 괜한 소외감과 괜한 억울함, 괜한 서러움이 마음속 각기 다른 그릇에 담겨 찰랑거렸다. 찰랑거리던 그것들이 조금이라도 넘쳐 주르륵 흘러내리는 날이면 나는 잠깐 돌아 버렸다. 칼로 필통을 긋고 지우개와 연필을 썰고 혼자 조용히 훌쩍이곤 했다. 5학년 때 담임 선생님은 컴컴한 내 얼굴이 마음에 걸렸는지 순회 상담사를 불러 매주 정기적으로 상담을 받게 했다. 나는 상담 선생님에게도 내가 입양된 아이라는 걸 말하지 않았다.

내가 입양됐다는 건 서정희 씨에게서 들었다. 어느 해 겨울날, 서정희 씨는 입양 관련 동화책을 가져와서 내게 읽어 주었다. 그리고 어정쩡한 말투로 말했다. 너는 내가 가슴으로 낳은 아이라고. 몇 살 때였는지는 잘 모르겠다. 다만 기억나는 건 두 가지였다.

사람이 가슴에서 태어날 수 있다는 게 이해되지 않았다는 것. 가슴으로 낳았다는 말이 주는 따뜻한 느낌이 서정희 씨에게서는 느껴지지 않았다는 것.

그래서였을까. 입양 사실에 관해 설명해야 하는 순간이 되면 목구멍이 좁아지면서 말이 나오지 않았다. 괜히 기침이 터졌고 목덜미가 가려웠다. 감추는 일은 반복할 때마다 익숙해졌다. 어느 지점에서 입술을 얇게 다물어야 하는지, 어디에서 시선을 돌리거나 화제를 바꿔야 할지 자연스레 터득했다. 문제는 알 수 없는 수치심이었다. 내 처지에 대한 원망과 분노, 배신감 같은 감정이 일렁일 때면 항상 수치심도 함께 움찔거렸다.

반복되는 너절하고 복잡한 기분이 싫었다. 내 과거를 끊어 내고 싶었다. 없던 시절로 치워 버리고 싶었고 뒤도 돌아보고 싶지 않았다. 한동안 그러고 잘 살았다. 서정희 씨의 죽음이 아니었다면 입양으로 시작되는 내 과거 따위 없는 셈 치고 잘 살아갔을 터였다.

등 뒤에서 삐걱거리는 소리가 들렸다. 할아버지가 1층으로 내려오는 소리였다. 할아버지는 검정 점퍼에 베이지색 헌팅캡 차림이었다. 요즘 들어 할아버지가 부쩍 늙어 보였다. 머리숱이 많이 빠졌기 때문인지 집에서도 모자 차림이었다. 할아버지의 시선이 거실과 주방을 훑었다.

"마당에요."

할아버지는 점퍼의 지퍼를 올리다 말고 마당을 쳐다보았다. 연우를 바라보는 할아버지의 눈길은 무거웠다. 할아버지는 매부리코를 쫑긋거리며 밭은기침을 했다.

"어디 가시게요?"

"마트에."

"마트요?"

할아버지가 지퍼를 마저 올리고 입을 열었다.

"책가방 사러 간다. 내일은 학교 보내야지."

할아버지는 엄마의 시골집 유품을 정리하면서 아무것도 가져오지 않았다. 할아버지는 현관 쪽으로 걸어가며 말했다.

"연우 아빠를 찾아볼 거다."

나는 할아버지를 돌아보았다. 연우 아빠를 찾을 때까지만 같이 살 거라는 말인가 싶었다.

"점심 챙겨 먹여라."

"점심 안 드세요?"

할아버지는 대답하지 않았다. 안 먹는다는 의미였다. 할아버지는 신발장에서 구두와 구둣솔을 꺼냈다. 왼손을 신발 속에 넣고 바닥에 앉아 구두에 가볍게 솔질을 했다. 구두는 몇 번 솔질만으로도 금방 반질거렸다. 할아버지가 내게 등을 보인 채 말했다.

"내일 여행 같은 걸 가게 됐다."

"네?"

"일주일 걸릴 거야."

"또요?"

할아버지는 3주 전에도 일주일 동안 여행을 다녀왔다. 그 전에도 닷새 정도 집을 비웠다. 없던 일이었다. 할아버지가 있거나 없거나 큰 차이는 없었지만 아무리 그래도 이런 시기에 아예 집을 비우는 건 할아버지답지 않았다.

불쑥 불길한 느낌이 들었다. 밤에 2층 화장실에서 토하는 소리가 들린 게 여러 번이었다. 부쩍 마른 어깨와 가슴팍에서 병색이 읽혔다. 머리칼이 갑자기 많이 빠지는 것도 심상치 않았다.

할아버지는 무릎을 손으로 짚고 힘겹게 일어섰다. 나는 할아버지에게 물었다.

"어디 아프세요?"

알루미늄 문짝이 바닥을 긁었고 끼긱거리는 소리가 났다. 할아버지는 현관문 밖으로 나가며 내게 말했다.

"체크카드에 돈 넣어 뒀다. 연우 등교 잘 시키고."

쓸데없는 관심 끄라는 말이었다. 서운하거나 기분 나쁠 일은 아니었다. 나는 대답했다.

"네."

할아버지는 철컹, 소리가 나도록 현관문을 닫았다. 익숙한 상황이었다. 할아버지는 늘 이런 식이었고 내 반응도 매번 비슷했다.

나는 주방으로 가려다 말고 마당을 돌아보았다. 할아버지가 연우 앞에 멈춰 서 있었다. 나는 고개를 빼고 연우에게 말을 건네는 할아버지의 표정을 살폈다. 연우를 대할 때는 할아버지 얼굴에 어떤 감정이 서리는지 보고 싶었다.

할아버지 얼굴은 엄숙한 게 전부였다. 연우가 겁먹은 얼굴로 고개를 까닥거렸다. 할아버지는 내게나 연우에게나 똑같았고 그래서 나는 만족스러웠다.

할아버지는 집 앞 길가에 주차해 둔 은색 개인택시에 올라탔고 잠시 뒤 엔진 소리가 들렸다.

점심을 차리기는 이른 시간이었다. 밥을 새로 지을 필요는 없었다. 반찬도 냉장고에 있는 걸 꺼내면 될 터였다. 나는 주방과 거실 사이에 놓인 오래된 둥근 식탁 앞에 앉았다. 식탁 위 아로새겨진 무늬에 시선이 내려앉았다. 식탁 무늬가 마지못해 웃는 얼굴처럼 보였다.

연우는 마당에 쪼그리고 앉아 쇠꼬챙이로 땅을 푹푹 찍고 있었다. 턱을 작은 두 무릎에 얹고 표정 없는 얼굴로 몸을 앞뒤로 흔들었다. 화장터에서 악을 쓰며 울부짖던 연우의 모습이 떠올랐다.

연우 엄마 서정희 씨는 갑자기 죽었다. 돌투성이 마른 개천 바닥에 머리부터 떨어졌다고 했다. 어째서 그런 일이 벌어진 거냐는 내 물음에 할아버지는 말했다. 술에 취했고 운이 나빴던 거라고. 딸의 죽음을 설명하는 할아버지의 얼굴은 몹시 지쳐 보였다.

나는 슬리퍼를 신고 현관문을 열었다. 알루미늄 문틀이 또 바닥을 긁었다. 연우는 나를 흘끗 쳐다보고는 쇠꼬챙이 장난을 계속했다.

"배 안 고파?"

연우는 나를 잠시 쳐다보다가 고개를 내저었다. 다시 꼬챙이질에 몰두할 뿐이었다. 무시당하는 기분이 슬며시 올라왔다. 생각보다 까다로운 성격일지도 모르겠다고 생각했다.

나는 팔짱을 끼고 연우를 내려다보았다. 연우의 옆얼굴에서 또 엄마 서정희 씨가 보였고 속에서 독한 감정이 한 줄기 피어올랐다. 엄마 서정희 씨가 싫었다. 아무리 그래도 내가 장난감은 아니잖아? 몇 년 키우고 관둘 거면 입양은 왜 했어? 이제까지 그런 생각을 수도 없이 되풀이했다. 연우를 볼 때마다 엄마 서정희 씨를 떠올리게 될 것 같았다.

"밥 차려 놓을 테니까 배고프면 먹어."

연우는 대꾸하지 않았다. 그러거나 말거나 상관없었다. 나는 집 안으로 들어왔다. 어쩐지 지치는 기분이 들었다.

거실 창문 너머 마당의 연우를 쳐다보았다. 금방 들어올 분위기는 아니었다. 어딘지 모르게 할아버지 분위기가 나는 것 같기도 했다. 그렇다면 문제는 간단했다. 할아버지와 지내던 것처럼 지내면 됐다. 거리를 두면 됐다. 연우 때문에 기분 상할 이유도 없었다. 아빠를 찾는 대로 곧 떠나게 될 아이였다.

　나는 내 방으로 들어와 컴퓨터 전원 버튼을 눌렀다. 인터넷 강의 하나 듣고 점심을 차려도 될 듯했다.

3

점심시간 교실은 적당히 소란했다. 교실 구석에서 음악에 맞춰 춤추며 동영상을 찍는 아이들과 핸드폰 게임을 하는 아이들과 책상에 엎드려 부족한 잠을 채우는 아이들이 보였다. 극소수 모범생 부류에 드는 몇 명은 이 와중에도 책상에 앉아 공부에 열중했다.

"너랑 몇 살 차이야?"

창가 내 책상 맞은편에 앉은 주봉이 막대 사탕을 물고 우물거렸다. 옆에 앉은 미희가 안경을 닦으며 말했다.

"초등학교 4학년이라잖아. 일곱 살 차이겠지."

아침에 연우를 등교시키느라 힘들었던 얘기를 하던 중이었다. 연우의 등교 시간은 8시 40분이었지만 내 등교 시간은 여덟 시였다. 7시 50분에 연우를 초등학교 정문 앞에 데려다주고 학교로 내달려야 했다. 헐레벌떡 뛰어 간신히 지각을 모면했다.

주봉은 가로로 돌린 핸드폰 화면을 양 엄지로 두드리며 어른처럼 말했다.

"집에 사람 하나 들어오는 게 장난 아닐 텐데. 야, 너 괜찮냐?"

나는 한 손으로 턱을 괴고 창밖을 바라보았다. 장난 아닌 건 맞았다. 연우를 볼 때마다 마음이 편치 않았다. 묻어 두었던 감정과 기억들이 콘크리트로 다져 놓은 지반을 뚫고 올라왔다.

미희가 말했다.

"걔도 참 안됐다. 겨우 초등학교 4학년인데."

연우가 안된 것도 맞았다. 엄마의 죽음은 상당한 충격이었을 터였다. 연우는 어딘가가 고장 나 버린 아이처럼 굴었다. 할아버지에게나 내게나 먼저 말을 걸어오는 일도 없었다. 컴컴한 얼굴로 방구석의 어둑한 곳을 노려보기도 했는데 그런 모습을 보고 있으면 마음 한구석이 욱신거리긴 했다.

주봉의 핸드폰에서 터지는 소리, 비명 소리, 뭔가를 휘두르는 소리가 울렸다. 오늘따라 그 소리가 신경에 거슬렸다. 나는 책상을 손으로 두드리며 핀잔을 주었다.

"야, 넌 하나만 해, 하나만. 얘기를 하든지 게임을 하든지 아니면 그 망할 사탕만 빨든지."

주봉은 으적거리며 사탕을 씹어 먹고 핸드폰을 탁 소리가 나도록 책상에 뒤집어 놓았다. 깍지 긴 손을 책상 위에 올리더니 진지한 목소리로 말했다.

"나는 대화를 선택했다. 의리와 주봉은 동음이의어인지라."

미희가 작은 목소리로 말했다.

"굳이 말하자면 동의어 아냐? 넌 어쩜 매번 한 포인트씩 어긋나?"

주봉은 능청맞게 하하, 하고 웃으며 오른손으로 내 어깨를 잡고 흔들었다.

"아무튼 수고했네, 친구. 우리 셋 중 부모님 상을 치른 건 자네가 처음이야."

나는 한쪽 눈썹을 치켜세우며 말했다.

"야, 손 치워. 손. 어디 여자 어깨에 함부로 손을!"

주봉은 항복하듯이 두 손을 들고는 눈을 크게 떴다.

"이보게 친구. 그대는 나를 남정네로 느끼는 것인가? 안타깝게도 나는 그대로부터 일말의 여성적 기운조차 느끼지 못하는데. 이것 참 애석하군!"

나는 말했다.

"너한테서는 짐승적 기운이 느껴지거든! 냄새는 또 왜 이렇게 징그러워. 씻고 좀 다녀라. 제발."

"짐승? 강아지? 고양이? 사자? 음하하하! 나는야 고리일라아!"

미희가 주봉을 쳐다보고는 푹, 하고 웃음을 흘렸다. 나도 같이 웃었다. 시냇물 소리 같은 미희의 웃음소리는 언제 들어도 좋았다. 주봉은 미희가 웃는 걸 확인하고는 좋아서 히죽거렸다.

장례식장에서 주봉과 미희는 펑펑 울었다. 주봉이 우는 건 그럴 법했는데 미희까지 어깨를 들썩이는 건 의외였다. 내가 미희를 안아 주며 "괜찮아. 괜찮아. 나 정말 괜찮다니까?" 하며 어깨를 토닥여야 할 정도였다. 주봉과 미희는 빈소에 나란히 섰고 엄마 서정희 씨의 영정에 절을 올렸다. 주봉은 벌게진 얼굴로 나와 할아버지에게도 절을 두 번 했다. 매사 꼼꼼한 미희도 우느라 정신이 없어서 주봉을 그대로 따라 했다.

예비종이 울렸다. 잠시 뒤면 수업이 시작될 터였다. 미희가 말했다.

"유리야, 있잖아."

나는 미희를 쳐다보았다.

"너 자율 동아리 어떻게 할 거야? 우리 하나 만들까?"

자율 동아리 신청 기한이 이틀 남았다. 자율 동아리를 하나 하긴 해야 했다. 학생부에 적을 게 하나라도 더 있는 게 대학 진학에 도움이 될 테니까.

"하긴 해야겠는데, 그거 네 명부터 가능하다며."

나는 대답하다 말고 주봉을 쳐다보았다.

"야, 너도 같이 할 거지? 자율 동아리."

주봉은 어느 틈에 다시 핸드폰 게임에 열중하고 있었다.

"안 돼."

"얘가 뭐 하자는 건지 들어 보지도 않고. 야, 왜 안 돼?"

"너무 너희랑만 놀면 뒤가 시끄러워."

"뭐?"

주봉이 양 엄지로 핸드폰 화면을 두드리며 중얼거렸다.

"동아리까지 같이 하면 수컷들 사이에서 곤란해진달까."

나는 미희에게 말했다.

"야야, 얘 빼자. 우리 뭐 할까? 생각해 놓은 거 있어?"

미희가 입술을 안으로 말고 내 눈치를 보았다.

"마술."

"마술?"

미희는 손으로 하는 일이라면 뭐든 잘했다. 간단한 마술을 배워서 나와 주봉을 관객 삼아 작은 공연을 하기도 했다.

주봉이 끼어들었다.

"흑마술이면 할게."

나는 주봉을 향해 인상을 쓰며 말했다.

"정말이지 너한테 저주라도 걸고 싶다."

"저주를 하겠다면 내가 져 주지."

나는 하, 하는 소리를 내며 눈을 가늘게 떴다.

"웃기려고 하는 말이냐?"

"아닌데? 넌 이게 웃기니? 메롱."

미희가 또 웃었다. 미희가 웃으니 나도 웃지 않을 수가 없었다.

주봉과 미희와 나는 5년째 매일 점심을 함께 먹는 사이였다. 중학교 1학년 때 같은 반이었던 인연이 시작이었다. 체육 수업 무용 발표 과제를 남자 둘, 여자 둘 한 모둠으로 진행했는데 남자애 한 명이 갑자기 전학을 가 버리는 바람에 셋이서 안무를 짜고 연습을 하게 됐다. 우리 셋은 데면데면한 분위기에서 무용 발표를 준비했다. 특별한 일이 없었다면 무용 발표만 하고 흩어졌을 관계였다.

주봉은 미희를 좋아했고 성급하게 고백했다. 미희는 상기된 얼굴로 내게 이 사태를 어떻게 하면 좋으냐며 의논을 청했다. 나는 "너 마음 가는 대로 해." 하고 조언했다가 어찌할 바를 모르는 미희의 얼굴을 보고는 태도를 바꿨다. 미희와 나는 사흘 동안 주봉을 면밀히 관찰했고 고백을 받을 것인가 말 것인가를 두고 진지하게 고민했다.

미희는 운동장 한가운데에서 주봉에게 말했다.

"네가 좋은 사람인 것 같긴 한데 나랑은 잘 안 어울리는 거 같아. 목소리도 너무 크고."

주봉은 잠시 하늘을 올려다보았다. 주변은 집에 가는 아이들로 소란했다. 미희는 뭐가 그리 걱정스러운지 옆에 선 내 손을 꼭 잡았다. 한숨을 폭 내쉰 주봉은 그야말로 쿨하게 "친구는 괜찮지 않겠냐? 당장 결혼할 것도 아닌데." 하고 대꾸했다. 미희는 나를 쳐다보고는 내 눈빛을 확인했다. 그리고 주봉을 향해 좋다고 고개를 끄덕였다.

그 뒤로 우리 셋은 특별한 사정이 없으면 매일 점심을 함께했다. 한 식탁에서 같이 먹기 위해 일부러 급식실에 늦게 갔다. 어쩌다 잠시 어울리게 된 애들도 있었지만 급식실에 모여 앉은 우리 안으로 들어온 친구는 없었다.

미희와 주봉도 너절한 내 가정 사정은 몰랐다. 부모님이 이혼해서 할아버지와 같이 사는구나, 하고 짐작하는 것 같았다. 앞으로도 입양 사실을 말할 생각은 없었다. 2년 뒤면 없던 일이 될 터였다. 까만 상자에 담아 낭떠러지 아래로 내던져 버릴 사연이었다.

내 진로 키워드는 셋이었다. 4년 전액 장학금, 기숙사, 취업 전망.

세 조건만 만족시킨다면 지역이 어디든 전공이 무어든 상관없었다. 징글징글한 과거를 싹둑 끊어 내고 오롯이 나 혼자서 살고 싶었다. 이름도 바꿔 버리고 싶었다. 취업까지 성공하면 나를 낳은 부모를 찾아갈 생각이었다.

날 만나길 원하든 말든 반드시 찾아가고 싶었다. 나를 낳은 부모가 한심하게 살고 있다면 그것도 좋을 것 같았다. 다만 이 말만은 꼭 하고 싶었다. 당신들이 포기했던 내가 이만큼 제대로 커버렸노라고. 내 부모가 어떻게 생겨 먹었는지 한 번은 봐야 했다고 말하고 싶었다. 얼빠진 표정으로 나를 쳐다볼 그들 앞에서 차갑게 돌아서고 싶었다.

언젠가 찾아오고 말 미래의 그 상황을 이런 장면 저런 장면으로 바꿔 가며 상상하곤 했다. 상상하면 마음에 독기가 서렸고 공부에 집중하는 데 도움이 됐다. 할아버지로부터 상처받지 않을 수 있었고 부모님과 살아가는 친구들을 볼 때마다 치사한 기분에 사로잡히지 않을 수 있었다.

미희가 말했다.

"마술 별로지?"

나는 미안하다는 투로 말했다.

"응. 마술은 좀."

"아무래도 그렇지? 그럼 뭐 할까?"

"흑마술, 흑마술."

깐족대는 주봉의 말을 못 들은 척하며 나는 미희를 향해 말했다.

"독서 동아리는 어때? 보고서 쓰기 완전 간단할 텐데."

주봉이 말했다.

"그건 내가 별론데? 완전 지루해. 그런 걸 무슨 재미로 하냐?"

"야, 너 안 한다며?"

"내가 언제 남 눈치 보는 거 봤냐? 한 명은 어떻게 할 거야? 누구 없나?"

미희는 콧등에 주름을 잡으며 조용히 웃었다. 나는 주봉에게 눈을 한번 부릅떠 주었다. 미희가 자리에서 일어서며 말했다.

"유리야, 이따가 봐. 우리 다음 시간 수학이야. 늦으면 큰일 나."

"큰일은 무슨. 벌점 좀 받으면 그뿐인 것을."

말은 그렇게 했지만 주봉도 서두르는 기색이었다. 미희가 종종걸음으로 교실 뒷문을 향해 걸어갔고 주봉도 "야, 같이 가! 같이!" 하며 뒤따라 나갔다. 그때, 내 핸드폰에서 문자메시지 알림음이 울렸다. 모르는 번호였다. 나는 문자메시지 창을 띄웠다.

─학교 끝났어요.

연우였다. 아차 싶었다. 학교가 끝난 뒤에 연우를 어떻게 해야 할지 생각해 두지 않았다. 초등학교 4학년 남자아이가 새 가방을 메고 운동장 벤치에 혼자 앉아 있는 모습이 떠올랐다. 챙겨야 할 일을 놓쳤다는 생각에 얼굴이 화끈거렸다. 지금 시간은 한 시였다. 7교시가 끝나는 네 시가 되려면 세 시간이 더 지나야 했다.

할아버지는 아침 일찍 일주일짜리 여행을 갔고 연우를 챙길 사람은 나뿐이었다. 정말 여행을 가신 걸까? 하는 생각이 끼어들었다. 정신이 산란했다. 곧 선생님이 들어올 터였다. 나는 문자메시지를 찍어 보냈다.

—네 시에 수업 끝나. 그때까지 놀고 있어.

문자메시지를 전송하고 핸드폰을 확인해 보았다. 모르는 번호로 온 부재중 전화가 다섯 통이었는데 모두 070으로 시작하는 같은 번호였다. 확인하지 않은 문자메시지도 두 통 들어와 있었다. 나는 미확인 메시지를 눌렀다.

—서연우 학생 일로 전화드렸습니다. 연락을 부탁드립니다.

메시지 내용은 둘 다 복사해서 붙인 것처럼 똑같았다. 더럭 겁이 났다. 왜 겁이 났는지는 몰랐지만 어쨌든 그런 감정이 들어버렸다. 무슨 일일까 생각하는데 앞문이 드르륵 열리고 선생님이 들어왔다.

4

수업이 끝나자마자 연우네 학교로 전화를 걸었다. 전화를 받은 사람은 담당 선생님이 자리를 비워서 무슨 일인지 모르겠다고 했다. 연우에게 어디냐고 문자메시지를 보내자 바로 답이 왔다.

—학교요.

학교 어디냐고 물었으나 답장은 오지 않았다. 나는 가로수가 일정한 간격으로 서 있는 인도를 따라 탁탁탁 소리가 나도록 뛰었다. 등에서 가방이 출렁거려서 가방끈을 양손으로 잡았다. 4월 초로 접어들었는데도 오후 날씨가 쌀쌀했다. 찬 바람에 귀가 시렸다.

연우네 학교는 우리 학교에서 두 블록 떨어진 곳에 있었다. 소방서와 주민센터, 문화체육센터, 근린공원이 초등학교 근처에 자리 잡고 있었다. 가방을 멘 아이들과 자전거를 탄 할아버지, 작은 옷 가게 문을 열고 나오는 아주머니들 몇몇이 눈에 띄었다. 다들 옷이 두툼했다.

연우의 옷차림이 떠올랐다. 흰 목폴라에 걸친 푸른색 점퍼가 얇지는 않았나 신경이 쓰였다. 연우네 학교에 다가갈수록 코끝이 시려 와서 더 찜찜했다. 아침에 교문 앞에서 아무 말 없이 눈을 내리깔고 있던 연우의 얼굴도 마음에 걸렸다. 나는 초등학교 정문 앞에서 뜀박질을 멈추고 양 무릎에 두 손을 짚었다. 헉헉거리며 숨을 고르고 이마에 배어난 땀을 손바닥으로 닦았다.

정문을 통해 운동장으로 들어서자 기역 자로 꺾어진 학교 건물이 눈에 들어왔다. 나의 모교이기도 한 학교였다. 익숙한 듯하면서도 낯설었다. 철봉과 구름사다리의 위치가 바뀌었고 예전에는 없었던 씨름장이 생겼다. 정문 옆 화단의 개나리와 진달래가 눈에 들어왔다. 화단 아래와 인도 위에는 상처 난 흰 목련 꽃잎이 아무렇게나 떨어져 있었다.

운동장에는 연두색 유니폼을 입은 아이들이 축구를 하고 있었다. 운동장 가장자리를 눈으로 훑었지만 연우는 보이지 않았다. 전화할까 하다가 문자를 찍었다.

—어디?

전송 버튼을 누르려다가 문구를 '어디 있니?'로 바꾸어 전송했다. 잠시 기다렸지만 답장은 오지 않았다. 안 되겠다 싶어 전화를 하려는데 핸드폰 화면이 바뀌면서 070으로 시작되는 번호가 떴다. 통화 버튼을 누르자 남자 어른의 목소리가 울렸다.

"여보세요? 연우 어머니셔요?"

핸드폰에서 들려온 물음에 말문이 막혔다. 나도 모르게 말을 더듬었다.

"아, 아뇨."

상대는 당황한 음색으로 "전화 잘못 드렸나요?" 하고 물었다. 나는 얼른 대답했다.

"아뇨. 누나예요. 연우는요?"

"누나요?"

상대는 잠시 말이 없었다. 먼 목소리로 "연우야, 이 번호 누나 번호야?" 하고 묻는 소리가 들렸다. 나는 잠자코 다음 말을 기다렸다.

"안녕하세요. 연우 담임입니다. 연우는 지금 교실에 있어요. 죄송한데 나이가……."

"고등학교 2학년요. 연우 데리러 가는 중인데요. 학교 운동장이고요."

음, 하는 소리로 말을 끌던 연우 담임 선생님이 말했다.

"잠깐 교실로 올 수 있을까요? 4학년 2반인데요. 4층입니다. 중앙 계단에서 왼쪽으로 오시면 되고요."

바로 가겠다고 대답했다. 가방을 고쳐 메고 교복의 옷매무시를 가다듬었다. 초등학교 시절을 보냈던 학교였는데도 연우 일로 교실을 찾아갈 생각을 하자 목이 말라 왔다.

왜 오라는 걸까.

계단으로 한 층 한 층 올라가는데 올라갈수록 마음이 싱숭생숭했다. 나는 4학년 2반 교실 명패가 붙은 문 앞에 섰다. 교실 안에서 남자 선생님의 목소리가 들렸다. 나는 숨을 한번 크게 쉬고 문을 열었다.

얼굴에 닿은 교실 공기가 따듯했다. 연우는 교실 맨 앞 책상에 앉아서 떡볶이를 먹고 있었다. 내가 들어왔는데도 연우는 모른 척이었다. 스테인리스 포크로 붉은 국물이 뚝뚝 떨어지는 떡볶이를 찍어 입 안에 넣고 우물거릴 따름이었다. 나는 창가 옆 교사용 책상을 쳐다보았다. 전화를 하고 있던 연우의 담임 선생님은 나를 보고는 눈짓과 손짓으로 아무 데나 앉으라고 했다. 나는 쭈뼛거리다가 운동화를 벗고 교실 안으로 들어섰다. 어디에 앉을까 하다가 연우와 두 칸 떨어진 책상 의자에 앉았다. 연우는 이렇다 할 반응이 없었다. 투명 인간 취급. 딱 그거였다.

문득, '나도 저랬나?' 하는 생각이 올라왔다. 장례식장에서 돌아온 뒤로 나는 꼭 필요한 경우가 아니면 연우에게 말을 걸지 않았다. 일부러 그런 건 아니었다. 우리 집은 항상 적막했다. 2층에만 있는 텔레비전 소리가 1층 거실까지 들릴 정도였다. 할아버지나 나나 서로의 공간에서 각자 사는 일상이었다. 연우도 그 분위기를 알아차린 건지 주말 저녁 내내 자기 방에 틀어박혀 있었다. 딱 한 번 "뭐 하니?" 하고 물으며 방문을 열어 보긴 했다. 그때도 연우는 나를 쳐다보지 않았다.

"연우 누나시죠?"

전화 통화를 끝낸 연우의 담임 선생님이 자리에서 일어섰다. 나는 고개를 숙여 마주 인사를 했다. 담임 선생님은 40대 중반으로 보이는 남자였다. 검은 테 안경을 끼고 모자 달린 헐렁한 검은 조끼를 걸친 차림이었다. 담임 선생님이 말했다.

"연우야, 떡볶이 맛있어?"

연우는 담임 선생님을 올려다보며 고개를 끄덕였다. 담임 선생님은 책꽂이에서 만화책을 꺼내어 연우에게 건넸다.

"선생님이랑 누나랑 얘기 조금 하고 올 테니까 잠깐만 기다려. 괜찮겠어?"

연우는 또 고개를 끄덕였다. 연우의 담임 선생님은 복도 끝에 있는 교사 연구실로 나를 이끌었다. 유리문을 열고 들어가자 티 테이블과 전자레인지, 냉장고, 작은 싱크대, 컴퓨터 책상 같은 것들이 눈에 들어왔다. 연구실에는 아무도 없었다. 연우의 담임 선생님은 내게 의자를 권했다. 내가 앉는 움직임에 맞춰 자신도 테이블 맞은편 의자에 앉았다. 담임 선생님은 작은 글씨가 빼곡히 적힌 스프링 공책을 펼치고 연우에 관해 물어보고 싶은 게 있다며 말문을 열었다. 나는 침을 삼키며 간신히 고개만 끄덕였다. 어떤 질문을 들어도 대답할 말이 궁색할 터였다.

연우는 오늘 그럭저럭 잘 지냈다고 했다. 보통 전학 올 때는 예전 학교에서 쓰던 교과서를 가져오기 마련인데 연우는 교과서가 하나도 없었다고 했다. 오늘은 교사용 교과서를 빌려주었지만 가능하다면 일주일 안에 교과서를 새로 구입하는 게 좋겠다고 했다. 혹시 교과서를 사기 어려운 상황이라면 자기가 어떻게 해 보겠다고 했다.

연우 담임 선생님은 비슷한 유의 말을 반복했다. 여건이 안 된다면, 구입하기가 어렵다면, 혹시 제가 모르는 사정이 있다면, 같은 말이 자꾸 들렸다. 나는 슬쩍 손바닥을 들어 보였다. 연우 담임 선생님이 말을 멈췄다. 나는 어색한 미소를 지어 올리며 말했다.

"혹시 연우한테 무슨 문제가 있었나요?"

연우 담임 선생님은 눈을 깜박거리다가 손으로 뒷머리를 쓰다듬었다. 나는 말했다.

"그냥 다 얘기해 주셔도 괜찮은데요. 연우 사정도 말씀드릴게요."

연우 담임 선생님은 착잡한 어조로 입을 열었다.

"연우가 오늘 양말을 안 신고 왔더라고요."

"양말요?"

겨우 양말 얘기인가 싶었지만 얼굴이 뜨끈해졌다.

"전학 오면서 교과서를 안 가져오는 일은 가끔 있는 일이긴 합니다. 하지만 4학년 아이가 전학 첫날 혼자 학교에 오는 일은 드물기도 해요."

담임 선생님의 말이 이어졌다.

"그리고요. 연우는 오늘 3교시에 교실에 들어왔어요. 점심 급식도 거의 안 먹었고요."

나는 적잖이 당황했다. 3교시면 열한 시쯤이었다. 연우를 학교에 들여보낸 건 7시 50분이었다.

"학교 보안관님이 연우를 교무실로 데리고 왔습니다. 교구 창고 뒤편에 혼자 쭈그리고 앉아 있었다고 하더라고요. 저희도 처음에는 연우가 누구인지 몰랐어요. 경찰에 신고할까 하다가."

내 눈이 동그래졌다.

"신고요?"

담임 선생님은 당연하다는 얼굴로 말했다.

"연우가 어느 반인지 알려고 모든 학급의 출결 상황을 알아봤거든요. 우리 학교 학생이 아니었으니까 당연히 어느 반 아이인지도 알 수가 없었죠. 오해는 말아요. 이런 경우 학교는 당연히 경찰에 알립니다. 실종 신고된 아이일 수도 있는 거니까요. 경찰에 전화를 하려는데 연우가 가방에서 전입 통지서를 꺼냈다고 합니다. 4학년 2반으로 배정 절차를 밟았고요."

아찔한 기분이 들었다. 담임 선생님 말대로라면 오늘 연우네 학교는 연우의 출현으로 한바탕 난리를 겪은 거였다. 점심시간에 확인한 부재중 전화와 학교로 연락 달라던 문자메시지가 떠올랐다. 나는 고개를 숙이며 "죄송합니다." 하고 말했다.

연우 담임 선생님이 말했다.

"괜찮습니다. 그런 문제야 해결하면 그만이니까요. 사고가 안 나서 다행이고요. 문제는 그게 아니라……."

덜컥 겁이 났다.

"무슨 문제가 또 있었나요?"

연우 담임 선생님은 음, 하는 소리를 내다가 입을 열었다.

"첫날이라서 그런 걸 수도 있는데요. 연우가 말을 잘 안 합니다. 보통 아이들과 분위기도 다르고요."

"네?"

연우가 말을 못 하는 건 아니었다. 나와 말을 섞은 적은 없지만 할아버지와 짧은 대화를 나누는 건 분명히 보았다.

"누나 전화번호도 겨우 받았다고 합니다. 말은 하지 않고 종이에 적어 줬다고 하더라고요. 저는 엄마 전화번호라고 생각했습니다만. 연우가 왜 그런 거죠?"

나는 이마의 흉터를 손끝으로 문질렀다. 고개가 아래로 떨어졌다. 연우에 대해 나는 아는 게 없었다. 나와 피가 섞인 사이도 아니었다. 엄마를 공유했다고 말할 수도 없는 애매한 관계였다.

나는 고개를 들고 말했다.

"엄마는 돌아가셨어요. 지난주에요. 장례식도 치렀고요. 이사 온 게 사흘 전이에요. 할아버지랑 저랑 연우랑 셋이 살고요."

담임 선생님은 아이고, 하면서 시선을 돌렸다가 내 안색을 살폈다. 슬픈 표정을 기대하는 눈길 같았다.

"아빠는요?"

"아빠요?"

말문이 막혔다. 사실을 말하면 그뿐이었는데도 이상하게 부끄러웠다.

"연우 아빠는 누군지 모르겠어요."

"네?"

이번에 당황한 쪽은 연우의 담임 선생님이었다.

"저희 집 사정이 좀 복잡해서요."

연우 담임 선생님이 나를 물끄러미 바라보다가 조심스러운 목소리로 물었다.

"친누나…… 맞는 거죠?"

나는 아랫입술을 지그시 물었다. 대답하면 할수록 힘이 들었고 꼬이는 기분이 들었다. 어디부터 어디까지 설명해야 할지 판단이 서지 않았다.

"그건 잘 모르겠어요."

"네?"

나는 같은 말을 되풀이했다. 아까도 말씀드렸지만 저희 집 사정이 좀 복잡하다고. 떨어진 시선을 들어 올리기가 힘들었다. 연우 담임 선생님은 할 말을 삼키는 것처럼 목울대를 움직였다. 맞댄 손끝을 입술에 대고는 테이블 위를 가만히 내려다보았다. 이 상황을 어떻게 해결해야 하나 고민하는 눈치였다. 나는 할아버지의 무덤덤하고 단단한 표정을 떠올렸다. 그런 표정이고 싶었으나 마음은 의지와 무관히 흔들렸다.

연우 담임 선생님이 위로하듯 말했다. 연우가 차분한 성격인 것 같다고 했다. 새 학교가 낯설어서 그런 걸 수도 있고, 4학년이지만 3학년에서 갓 올라온 상황이니 아직 어린아이인 거라고도 했다. 나는 묵묵히 듣기만 했다. 연우 담임 선생님은 "잠시만요." 하고는 연구실 문을 열고 밖으로 나갔다.

나는 연구실에 혼자 앉아 흰 페인트로 칠한 벽을 쳐다보았다. 번개 모양으로 금 간 자국이 눈에 들어왔다. 서럽고 처량했다. 익숙한 수치심이 속에서 드글거렸다.

나는 핸드폰을 꺼내어 즐겨찾기 목록에 넣어 둔 대학교 홈페이지를 열었다. 메인 화면에 뜬 밝은 얼굴의 대학생들을 쳐다보았다. 눈부시도록 밝은 날 찍은 사진이었다. 입꼬리를 올린 자신만만한 표정, 두꺼운 책을 가슴에 품고 하얀 이를 다 드러낸 얼굴들을 나는 손가락으로 확대했다. 그들이 입은 바지와 셔츠, 블라우스와 스커트의 세련된 무늬, 머리 스타일을 살폈다. 장학금 제도와 도서관 이용 시간, 기숙사 운영 방침 등을 읽었다.

2년. 딱 2년만 더. 올해와 내년을 보내면 고등학교를 졸업할 것이고 졸업과 동시에 오래 묵은 할아버지 집과는 안녕이었다. 내년에는 어느 대학이건 합격해서 떠나고 말리라 생각했다.

복도에서 걸음 소리가 들렸고 연구실 문이 열렸다. 선생님은 네 장의 인쇄물을 내 앞에 펼쳐 놓았다.

"이건 돌봄교실 신청서예요. 증빙서류로 부모 재직 증명서 내라고 적혀 있는데 그건 신경 쓰지 않아도 됩니다. 방과 후 연계형 돌봄 신청서도 있어요. 방과 후 학교 신청 기간은 지났지만 신청할 수 있도록 요청해 보겠습니다. 이건 아침 돌봄 신청서. 혹시 연우가 학교에 일찍 와야 하는 상황이면 일곱 시부터 아홉 시까지 맡아 줄 수 있어요. 마지막으로 가정조사서예요. 가족관계 써넣고 집 주소랑 전화번호만 쓰면 됩니다. 그리고 우리 학교에는 지역사회전문가라고, 사회복지사가 있어요. 한번 만나 보면 어떨까 싶은데 알아볼까요?"

나는 얼떨떨한 얼굴로 내 앞에 놓인 서류들을 내려다보았다. 연우 담임 선생님은 그런 나를 살피며 다시 말했다.

"한꺼번에 너무 많이 들이밀었죠?"

나는 간신히 웃음을 지어 보였다.

"아뇨. 감사합니다. 얼른 할게요."

연우 담임 선생님은 내 앞에 볼펜을 올려 두고는 말했다.

"다 끝나면 4학년 2반 교실로 오세요. 연우는 잘 보고 있을 테니 걱정하지 말고요."

연우 담임 선생님은 나를 남겨 두고 연구실을 나갔다. 나는 양 볼이 불룩해지도록 한숨을 내쉬며 볼펜을 집어 들었다. 빈칸에 채워야 할 것들을 써넣었다. 할 일은 해야 했다. 설거지 같은 일이었다. 식탁에 밥 한 공기 더 올리면 되는, 딱 그 정도의 일이었다.

5

연우를 데리고 4학년 2반 교실을 나왔다. 계단을 내려오는데 깡충 올라간 바짓단과 푸른 기운이 도는 복숭아뼈, 깡마른 발목이 눈에 들어왔다. 아침에는 어째서 저게 안 보였을까.

연우는 발걸음이 느렸다. 어느새 나는 열 걸음쯤 앞서 걷고 있었다. 나는 걸음을 멈추고 연우가 다가오기를 기다렸다. 다섯 시가 넘었고 길 옆으로 학원 셔틀버스가 지나갔다. 연우가 내 앞에 멈춰 서서 나를 올려다보았다.

나는 말했다.

"왜 그랬어?"

연우는 내 얼굴을 빤히 보며 눈을 깜박거렸다. 나는 다시 말했다.

"말은 왜 안 해?"

말이 거칠게 나갔다. 그럴 의도는 아니었는데.

연우는 난처한 얼굴로 보도블록을 내려다보았다. 얼굴에 어두운 기운이 스쳐 가는 것 같았다. 나는 한숨을 쉬었다. 아무래도 어린아이니까, 엄마를 여읜 지 며칠 되지 않았으니까, 부드럽게 달래듯이 말하는 게 옳았다.

나는 허리를 굽혀 연우의 얼굴에 눈높이를 맞췄다. 연우는 텅 빈 시선으로 아래 어딘가를 내려다보았다. 길바닥과 내 운동화가 연우의 시야에 담겼을 것이다. 아까 교실에서 태평한 얼굴로 떡볶이를 우물거리던 아이는 어디 갔나 싶었다. 나는 같은 질문을 반복했다.

"학교에서는 왜 말을 안 했어?"

연우가 입술을 달싹였다. 말을 하려다 마는 것 같기도 했고 머뭇거리는 것 같기도 했다. 나는 반걸음 뒤로 물러서서 허리를 폈다. 연우가 내 얼굴을 올려다보며 입을 열었다.

"누구예요?"

"뭐?"

말문이 막혔고 목덜미가 서늘했다. 연우의 말은 질문 그대로였다. 내가 누구냐고 묻는 거였다. 나는 입술을 열었다 닫기를 반복하다가 꾹 다물었다.

연우 처지에서 생각하면 물을 법한 질문이었다. 나는 연우의 존재만 알았고 연우는 나를 아예 몰랐다. 할아버지 성격에 내가 누구인지 따로 설명해 주지 않았을 것이다. 나도 연우에게 내가 누구인지 이야기하지 않았다. 연우 입장에서는 처음 보는 낯선 사람이 장례식장을 지키고 화장장까지 따라다닌 걸 수도 있었겠다 싶었다.

"나는."

그렇게 입을 뗐지만 다음 말이 바로 이어지지는 않았다.

"할아버지 손녀야."

틀린 것 없는 말이었다.

"나도 할아버지 손자예요."

나는 손가락으로 나와 연우를 번갈아 가리키며 말했다.

"우리는 남매 같은 거야."

"남매 같은 거요?"

남매라는 말을 잘 못 알아듣는 것 같아서 "누나와 남동생 사이." 하고 설명을 덧붙였다. 연우가 까만 눈망울로 나를 올려다보며 다시 물었다.

"우리 엄마 딸이에요?"

나는 하늘을 쳐다보았다. 그동안 연우와 말과 시선을 섞지 않았던 내 태도는 이유가 있었던 거였다. 나는 다시 설명했다.

"그러니까, 너랑 나는 엄마가 같아. 아빠는 다르지만."

"난 아빠 없는데요."

이마에 열이 올랐다. 대화 자체가 불편했다. 설명은 구차했다. 연우와 나의 관계를 정확히 설명하려면 몇 단계를 더 거쳐야 했다. 네 아빠가 없는 사정은 난 알 바 아니다. 네 엄마가 내 엄마였긴 했는데 진짜 엄마는 아니다. 나를 낳은 부모는 어디에서 뭐하고 사는지 모르겠다. 할아버지의 손녀인 것은 어느 정도 맞는 말이기도 하다. 입양이라는 게 있는데……. 나도 모르게 헛웃음이 나왔다. 이런 말을 연우가 이해하기나 할까. 나는 머리칼을 쓸어 올리며 말했다.

"그냥 누나라고 불러."

연우는 입술을 얇게 다물고 고개를 모로 돌렸다. 연우의 싸한 표정이 거북스러웠지만 다행이다 싶기도 했다. 적어도 언어장애는 아닌 것 같았다. 엄마의 갑작스러운 죽음 앞에서 멀쩡하다면 그게 오히려 이상할 것이었다.

내 어린 시절이 생각났다. 마음이 힘들어도 시간은 칙칙폭폭 앞으로 나아갔다. 아침, 점심, 저녁이 지나면 밤이 왔고 또다시 하루가 시작됐다. 학교생활이 이어지고 친구를 만나고 이러저러한 사건들을 겪다 보니 어느 틈에 나는 내 처지에 적응해 버렸다. 내 처지에 맞는 미래를 계획하게 됐고 상처를 덜 받는 방법을 터득했다.

가끔은 까닭 없이 울적해지고 암담한 느낌에 심장이 짓눌리는 기분이 되어 버리기도 했지만 우울해한다고 해서 바뀌는 조건도 아니었다. 연우도 결국은 나처럼 될 것이었다. 내가 그랬듯이 어떻게든 삶을 살아가게 될 것이었다. 다른 사람들보다 조금 더 힘들겠지만 어쩌겠는가. 현실을 인정하는 것 말고는 방법이 없는 것을.

나는 연우를 내려다보았다. 때마침 바람이 불었고 연우의 새까만 머리칼이 뒤로 흩어졌다. 나는 눈을 깜박였다. 연우의 까만 정수리 왼쪽에 동전 크기의 타원형 붉은 자국이 보였다.

"너 머리 왜 그래?"

연우는 황급히 손으로 머리를 덮었다. 불에 덴 것처럼 빠른 동작이었다. 더 물어보거나 머리에 손을 댔다가는 도망이라도 칠 기세였다. 내가 본 건 진물이 흐르는 동그란 상처였다. 두피에 구멍이 난 것처럼 머리카락이 없었다.

나는 뒤로 한 걸음 물러서서 재킷 주머니에 두 손을 꽂았다. 겁먹은 어린 짐승처럼 구는 연우의 몸짓이 안쓰러웠다. 상처는 나중에 보기로 했다. 나는 몸을 돌려 버스 정류장을 향해 걸었다. 몇 걸음을 걸었는데도 따라오는 기색이 없었다. 뒤를 돌아보니 연우는 조금 전 그 자리에 그대로 서서 차들이 오가는 도로를 쳐다보고 있었다. 연우의 눈길이 지나가는 경찰차를 따라가는 것 같았다. 잔뜩 움츠러든 모습이 마음에 들지 않았다.

나는 목소리를 높여 말했다.

"안 와?"

연우는 그제야 나를 향해 걸어왔다.

집으로 돌아와 저녁상을 차렸다. 연우는 돌아오자마자 방에 틀어박혔다. 저녁을 먹기에는 이른 시간이었지만 뭐라도 해야 어지러운 마음이 차분해질 것 같았다. 냄비에 멸치를 넣고 불을 올렸다. 근대를 썰고 마늘을 빻았다. 국 냄비에서 멸치를 건져 내고 마늘과 된장, 근대를 넣고 불을 최대로 올렸다. 밥이 되기를 기다리며 밀린 설거지를 해치웠다. 칙칙거리는 소리를 내며 전기밥솥이 밥 냄새를 풍겼다. 찬장에서 밥그릇을 두 개 꺼내어 둥근 식탁에 올려놓고 김치와 멸치볶음을 접시에 담았다. 평소라면 이 정도로 저녁을 때웠을 터였다.

주저하던 나는 손을 뻗어 시트지 가장자리가 말려 올라간 찬장을 열었다. 스팸 한 캔을 꺼내고 냉장고에서 달걀 두 개를 꺼냈다. 그때, 식탁에 올려 둔 핸드폰에서 채팅 메시지 알림음이 울렸다. 화면에는 주봉의 메시지가 떠 있었다.

―뭐 하냐?

나는 핸드폰 화면을 두드렸다.

―밥 차려.

—배고프도다.

—밥 먹어.

나는 핸드폰을 엎어 놓았다. 프라이팬에서 계란을 입힌 스팸이 지글거리는 소리를 내며 구워지기 시작했다. 갓 구운 스팸 냄새를 맡자 엉켜 있던 속이 풀리는 듯한 기분이 들었다. 나는 팬에서 뭔가가 튀겨지고 구워지는 소리를 좋아했다. 비 오는 소리 같아서 녹음이라도 해 둘까 생각하기도 했다. 근대국이 끓기 시작할 즈음 다시 핸드폰 알림음이 울렸다. 이번에는 미희였다.

—유리야, 세윤이 알아? 너희 반 이세윤.

알긴 했다. 세윤은 쉬는 시간에도 책상에 앉아 영어 단어를 외우는 극소수 모범생이었다. 같은 초등학교를 나왔지만 아는 사이라고 하기는 애매했다.

—왜?

—동아리 같이 하는 거 어때?

—세윤이를? 걔를 왜?

주봉의 메시지가 떴다.

—미희가 추천. 미희랑 같은 성당.

미희가 누군가를 추천했다고? 한쪽 눈썹이 쓱 올라갔다. 미희가 우리 외에 다른 애와 무언가를 같이 하자고 먼저 말을 꺼내는 건 좀처럼 없는 일이었다. 그 대상이 세윤이라는 것도 의외였다.

세윤은 점심을 먹을 때도 혼자 앉아 조용히 반찬의 맛을 음미하는 부류였다. 세윤이 딱히 누군가와 어울리는 모습을 보지 못했다. 자발적인 아웃사이더라고나 할까.

세윤은 글씨가 단정했고 수행평가 과제로 낸 미술 작품도 제법 수준이 높았다. 애들 사이에서는 세윤이 전 과목 1등급이라는 소문이 공공연했다. 주봉은 국어와 수학이 사이좋게 6등급을 찍었지만 그걸 굳이 감추려 들지도 않았다. 미희는 자기 성적이 어느 정도인지 얘기하지 않았다. 중학교 1학년 때는 나와 비슷한 것 같았는데 고등학교 들어서면서부터 미희가 훌쩍 올라간 것 같았다. 나는 전 과목 2등급이 목표였지만 성적이 공부하는 만큼 오르지 않아서 늘 초조했다. 세윤이 함께해서 나쁠 것은 없어 보였다.

—세윤이 같이 하는 거 좋아. 동아리는 뭐 할 건데?

미희 메시지가 올라왔다.

—지금 의논 중이야. 주봉이는 시사 토론 하자는데 나는 좀……

—나도 그건 별로인데. 알았어. 나중에 다시 얘기해.

나는 식탁에 스팸까지 올린 뒤 연우를 불렀다. 연우는 조용히 방문을 열고 나와 식탁에 앉았다. 나도 연우 맞은편에 앉았다. 연우는 컴컴한 얼굴로 식탁을 쳐다보기만 했다. 떡볶이 먹어서 안 먹겠다고 하려나? 나는 툭 던지듯 말했다.

"먹어."

연우가 내 눈치를 살폈다.

"너 먹으라고 한 거니까."

나는 연우 쪽으로 스팸 접시를 밀었다. 연우는 스팸을 보고는 눈을 빛냈다. 이제야 아이 같은 구석이 보이는가 싶었다. 연우는 기어들어 가는 목소리로 말했다.

"감사합니다."

식탁에서 격식 갖춘 인사를 하는 연우의 태도가 걸렸다. 여긴 너희 집이야. 넌 할아버지의 혈육이고. 그렇게 말하려다가 입을 다물었다.

연우는 숟가락으로 김이 오르는 흰쌀밥을 뜨고 젓가락으로 스팸을 집어 밥 위에 올렸다. 그리고 김치 이파리를 골라 밥과 스팸을 한 번에 감쌌다. 연우는 침을 삼키고 숟가락을 입가로 가져가 텁 하고 물었다. 떡볶이를 먹고도 배가 고팠던 모양이었다. 연우의 눈에 도는 생기에 조금 마음이 놓였다.

"학교생활은 어땠어?"

잠시 생각하던 연우가 밥을 우물거리며 말했다.

"괜찮았어요."

연우는 스팸을 벌써 다섯 조각째 집어 먹고 있었다. 연우의 숟가락질과 젓가락질이 못마땅했다. 엑스자로 쥔 젓가락은 연우의 오른손에서 가위질하듯이 움직였고 숟가락은 손잡이를 거꾸로 쥔 모습이었다. 엄마가 숟가락질 안 가르쳐 줬느냐는 물음이 튀어나올 뻔했다.

나는 숟가락을 쥔 손을 들어 보이며 말했다.

"이렇게 쥐어."

연우는 눈치를 보고는 숟가락을 제대로 잡았다.

"그리고 방에만 있지 않으면 좋겠어. 요 앞에 놀이터도 있고."

연우는 고개를 돌려 거실 유리창을 쳐다보았다. 나는 젓가락을 집어 들다 말고 멈칫했다. 연우의 하얀 목덜미 안쪽에 검붉은 자국이 보였다. 목폴라를 입고 있었을 때는 보이지 않던 자국이었다. 머리의 동그란 상처가 떠올랐고 찝찝한 기분이 들었다. 시선을 거실 창 쪽으로 돌린 연우의 옆모습은 스산해 보였다. 초등학교 4학년 아이에게서 비칠 법한 분위기가 아니었다. 순간, 연우의 낯빛이 변했다. 눈을 빠르게 깜박이며 침을 삼키는 모습이 영락없이 겁먹은 모습이었다.

나는 고개를 빼고 연우의 시선이 향한 곳을 쳐다보았다.

집 앞에는 경찰차가 서 있었다.

경찰차 문이 열렸고 두 명의 경찰이 내렸다. 남자 경찰이 주변을 살펴보았고 여자 경찰은 핸드폰과 우리 집을 번갈아 보며 무언가를 확인하고 있었다. 잘못한 일도 없는데 가슴이 두근거렸다.

　나는 혼잣말처럼 중얼거렸다.

　"경찰차네?"

　나와 눈을 마주친 연우의 눈동자가 좌우로 흔들리고 있었다.

6

경찰은 대문을 슬쩍 밀어 보고는 고개를 기웃거리며 마당으로 들어섰다. 나는 거실을 가로질러 현관으로 걸어갔다. 반투명 유리창에 경찰들의 윤곽이 어른거렸다. 문 앞에서 경찰들이 나누는 대화 소리가 들렸다. 여기 맞아? 네. 맞아요. 초인종 같은 거 없나? 대문도 그냥 열려 있고. 없나 봐요.

탕탕

현관문 두드리는 소리가 울렸다. 나는 큰 소리로 말했다.

"누구세요?"

여자 목소리가 들렸다.

"경찰입니다. 서연우 학생 집 맞나요?"

나는 뒤를 돌아보았다. 연우는 식탁에 앉은 채 굳은 모습이었다. 불길했다. 내가 감당할 수 없는 일이 벌어질까 봐 두려웠다. 나는 다시 물었다.

"무슨 일이세요?"

"서연우 학생 있나요? 잠깐 조사할 게 있어서 왔는데요."

연우는 여전히 꼼짝하지 않고 식탁 앞에 앉아 있었다. 영화에서 본 것처럼 영장 있느냐고 물어봐야 하나. 탕탕, 다시 문 두드리는 소리가 울렸다. 나는 문을 열었다.

경찰들은 나를 보고는 친절한 미소를 지었다. 그러면서도 내 어깨 너머를 살폈다.

내가 물었다.

"무슨 조사요?"

서글서글한 인상의 여자 경찰이 말했다.

"할아버지가 서행호 씨 맞죠? 연락은 드렸는데. 이 시간에 오면 만날 수 있을 거라고 해서요."

나는 고개를 끄덕였다. 남자 경찰이 거실을 두리번거리다가 식탁 쪽을 향해 "서연우 학생?" 하고 물었다. 여자 경찰이 내게 조심스레 말했다.

"잠깐 들어가도 될까요? 몇 가지만 물어보고 금방 갈게요."

나는 경찰을 집 안으로 안내했다. 경찰은 식탁 옆에 엉거주춤 서 있는 연우에게 "안녕? 연우니?" 하며 손 인사를 했다. 나는 할아버지에게 전화를 했다. 집 안에 들이기 전에 전화하는 게 순서상 맞았겠지만 경찰이 문을 두드리는 통에 정신이 반쯤 나가 버린 터였다.

경찰이 왔다고 하자 할아버지는 잠시 말이 없었다. 전화기 너머로 스피커에서 나오는 방송 소리가 들렸다. 여행지에서 날 법한 소리는 아니었지만 지금 그걸 확인할 겨를은 없었다.

"경찰 온 거 괜찮은 거예요?"

변호사 같은 거 불러야 하는 거냐고 물어보려다 말았다. 변호사를 불러야 할 상황 같지도 않았고 설사 불러야 한다고 해도 변호사를 고용할 돈이 있을 리 없었다. 이마에 땀이 배어났다. 실수를 연발하는 중인 것 같았다.

"연우랑 얘기 잘 하고 가시라 해."

할아버지는 이렇게만 말하고 전화를 끊었다. 할아버지가 알고 있었다는 걸 확인하자 조금 안심이 됐다. 나는 소파에 올려 둔 책과 옷을 치웠다. 두 경찰에게 소파를 권했으나 둘은 소파 아래 바닥에 자리를 잡고 앉았다.

연우가 주춤거리며 거실로 나왔다. 내가 경찰들 맞은편에 앉자 연우도 내 옆에 자리를 틀었다. 할아버지가 괜찮다고 했지만 경계심은 완전히 가시지 않았다. 남자 경찰과 여자 경찰은 경장 누구, 경사 누구, 하는 식으로 자신들을 소개했다. 나도 당당하고 싶어서 내 이름을 댔다.

여자 경찰이 말했다.

"가평 경찰서 여성청소년계에서 나왔습니다."

"가평요?"

가평은 연우와 연우 엄마가 살았던 곳이었다. 경찰은 나와 연우 얼굴을 번갈아 살피며 말했다.

"직접 물어보지 않을 수가 없어서요. 서정희 씨 사망에 대해서요."

"네?"

나는 어리둥절했다. 서정희 씨는 사고로 죽었다고 들었다. 다리에서 추락했다고. 그런 일로도 경찰이 찾아온다는 게 의아했다.

"약간 석연치 않은 부분이 있어서 그래요. 사람이 죽으면 사인을 규명해 두는 게 저희 일이거든요."

나는 연우의 안색을 살폈다. '석연치 않은 부분' '사람이 죽으면' '사인을 규명' 같은 말들이 연우 앞에서 오가는 건 적절치 않았다. 연우는 핏기 없는 얼굴로 손가락을 꼼지락거렸다. 나는 경찰에게 양해를 구하고 연우에게 잠시 방에 가 있으라고 했다. 연우는 방으로 들어가 조용히 문을 닫았다.

내가 물었다.

"석연치 않은 부분이라뇨? 사고로 돌아가신 거 아니었어요?"

"우리도 처음에는 그렇게 생각했어요. 그런데 약간 이상한 장면이 있어서요."

"이상한 장면요?"

여자 경찰이 말했다.

"서정희 씨가 돌아가신 뒤에 근처 CCTV를 살펴봤는데 그게 참. 이걸 뭐라 말씀드려야 할지."

남자 경찰이 덧붙였다.

"사고인지 아닌지 애매해서요."

"네?"

"보통 이런 일이 생기면 경찰은 주변을 탐문해요. 탐문이라는 게 별건 아니고요. 주변 사람들한테 서정희 씨는 어떤 분이었는 지, 인간관계는 어땠는지 물어보는 거예요. 우리가 파악한 바로 는 연우와 연우 엄마가 사이가 그다지 좋지 않았던 거 같아요."

"저기…… 연우는 4학년 아이예요. 엄마랑 사이가 안 좋았다고 이상한 의심 같은 걸 하시는 거예요?"

경찰들은 서로의 눈을 쳐다보고는 내 안색을 살폈다. 여자 경찰이 좀 더 느린 목소리로 말했다.

"서정희 씨가 연우를 많이 때리고 못살게 굴었나 봐요."

연우의 목에서 보았던 붉은 기운과 머리의 상처가 떠올랐다.

"다리 CCTV에 찍힌 것도 그런 장면이에요. 김 경사님, 그때가 3월 28일 0시 20분경 맞죠?"

경찰이 내게 설명해 준 그날의 일은 다음과 같았다.

3월 27일 밤 11시경, 버스 정류장 근처 편의점에서 연우는 초콜릿을 훔쳤다. 편의점 점장은 연우를 붙들어 두고 서정희 씨에게 전화했다. 연우가 동네 편의점 물건을 훔친 일은 이미 여러 번이었다고 했다. 서정희 씨는 11시 50분경 편의점에 와서 물건값을 치르고 연우를 데리고 나갔다.

두 사람이 다시 CCTV에 잡힌 건 30분 뒤 개천 다리에서였다. 서정희 씨는 다리 초입부터 다리 중간에 이르기까지 연우를 때렸다. 어디에서 꺾어 왔는지 모를 나뭇가지와 손과 발을 사용했다. 다리 중간에 이르러 연우와 서정희 씨는 한데 뒤엉켰다가 떨어지기를 반복했다. 문제는 그다음이었다. 서정희 씨가 위태롭게도 다리 난간 턱에 올라섰고 연우를 향해 두 팔을 벌렸다. 잠시뒤 연우가 서정희 씨를 밀었다. 서정희 씨는 난간을 붙잡고 가까스로 몸을 지탱했다. 몸이 반쯤 넘어간 자세로 연우를 걷어차려다가 그대로 다리에서 추락했다.

나는 나도 모르게 입을 두 손으로 가리고 있었다. 머리가 얼얼했다.

"어, 어쨌든, 사고잖아요. 아닌가요?"

남자 경찰이 난처한 얼굴로 말했다.

"아직 단정 짓기는 어려운 상황이에요. 연우가 서정희 씨를 밀었던 것 같은데…… 그게 원인이 되어서 추락한 것으로 볼 수도 있거든요."

"네?"

버럭 튀어나온 내 목소리에 나도 놀랐다. 경찰에게서 무슨 말이 더 나올지 무서웠다.

내가 물었다.

"할아버지도 이 얘기 아세요?"

"그저께 경찰서에 오셨어요. 조사된 내용을 말씀드렸고요. CCTV도 보여 드렸어요. 실은 장례식 때도 연락을 드렸어요. 부검하실 의향이 있는지 확인하는 거였는데 부검은 안 하겠다고 하셨고요."

"그게 전부가 아니에요. 서정희 씨가 추락한 뒤에 연우가 다리 난간으로 갔어요. 난간에 몸을 기대고 떨어진 서정희 씨를 내려다보았고요. 그러고 나서 그 장소를 빠져나갔어요. 의사는 서정희 씨가 얼마간은 살아 있었을 거라고 합니다."

몸이 떨려 왔다. 경찰은 연우가 서정희 씨를 살해했을 수도 있다고 생각하는 것 같았다. 내가 더듬거리며 말했다.

"무서워서 그랬겠죠. 초등학교 4학년이잖아요. 3학년에서 4학년 올라온 지 며칠 되지도 않았고요. 저라도 무서워서 도망쳤을걸요. 119에 전화할 생각도 못 했을 거고요."

"저도 그렇게 생각해요. 연우 너무 어리죠. 아동학대 사실도 분명해 보여요. 학교에서도 의심하고 있었더라고요. 상담을 진행하던 중이었고요. 그래도 확인해 봐야 해요. 연우 나이가 만 열 살이거든요. 그 나이면 촉법소년이니까, 이런 상황이면 소년보호재판에 넘기게 돼요."

촉법소년, 소년보호재판, 학대 같은 단어들에 나는 어찌할 바를 몰랐다. 여자 경찰이 "연우 안녕?" 하고 말하며 손을 들었다. 나는 뒤를 돌아보았다. 문가에 연우가 겁먹은 얼굴로 서 있었다.

7

경찰은 연우와의 면담을 끝내고 현관문을 나섰다. 나는 마당으로 따라 나가 이제 어떻게 되는 거냐고 물었다.

"일단 사건 조사 자료를 소년 법원에 올릴 겁니다. 사고로 볼지 말지는 판사가 판단할 거예요."

여자 경찰은 연우가 어려서 괜찮을 거라고 위로하듯이 말했다. 고의로 일으킨 사고로 판사가 판단하더라도 형사처벌은 안 될 거라고 했다. 고의는 아닐 것 같다는 내 말에는 저희도 그러길 바란다는, 애매한 대답을 인사처럼 건넸다.

나는 대문 밖까지 나가 경찰을 배웅했다. 떠나는 경찰차 뒤로 나도 모르게 허리를 숙였다. 마당으로 들어오자 거실 커튼 뒤에서 연우가 몸을 감췄다. 현관문을 열고 집 안으로 들어서자마자 방문 닫히는 소리가 들렸다.

나는 닫힌 현관문에 등을 기대고 서 있다가 주방으로 갔다. 식탁에는 반쯤 먹다 남긴 밥과 국과 반찬들이 놓여 있었다. 도저히 밥 먹을 기분이 아니었다. 나는 연우의 밥과 반찬, 국을 따로 남겨 두고 식탁을 정리했다. 설거지를 하는데 이마의 흉터가 욱신거리는 것 같았다.

경찰의 질문에 연우는 딱히 이렇다 할 답을 하지 못했다. 고개를 도리질하거나 끄덕이는 게 전부였다. 경찰은 다 이해한다는 듯 고개를 끄덕이면서도 해야 할 질문은 빠짐없이 던졌다. 혹시 엄마를 밀었니? 왜 그랬어? 핸드폰도 있었잖아. 119에 신고해야겠다는 생각은 못 했어? 연우는 입술만 덜덜 떨었다. 경찰은 연우를 달래면서도 같은 질문을 반복했고 결국 연우는 울음을 터뜨렸다.

나는 싱크대를 짚고 한 손으로 관자놀이를 눌렀다. 눈이 빠질 것처럼 아팠다. 꽉 다문 이 사이로 신음이 흘러나왔다. 나는 거실 서랍장에서 두통약을 찾아 물과 함께 삼켰다. 이마에서 진땀이 배어 나왔고 오싹한 느낌이 팔과 다리로 뻗쳤다.

모든 게 갑작스러웠다. 감당하기 어려운 정보와 감정들이 며칠 사이에 한꺼번에 밀려들었다. 정신이 거대한 톱니바퀴 사이로 빨려 들어가 으스러지는 것 같았다. 10년 동안 연락도 없던 엄마 서정희 씨의 부음을 들었고 장례식을 치렀고 화장터에 다녀왔다. 연우를 학교에 데려다줬고 뒷수습을 했다. 연우가 저질렀을지 모를 큰일로 경찰이 찾아왔다.

서정희 씨의 죽음은 방아쇠를 당겼다. 그동안 외면했던 덩어리들이 탕! 하는 신호와 함께 내게로 대차게 달려드는 것 같았다. 문제는 이 사태가 금방 끝나지 않으리라는 거였다. 연우는 내일 아침에도 이 식탁에서 마주할 것이었다. 집에 돌아올 때도 연우를 챙겨야 했다. 내일은 방과 후 학교 프로그램도 알아봐야 했다. 연우가 학교에서 사고를 칠 수도 있었고 아파서 병원에 데려가야 하는 일이 생길지도 몰랐다. 이 와중에 할아버지는 집을 비웠다.

주방에 달린 환풍기 모터 소리가 시끄러웠다. 그새 집 안이 어둑해졌다. 조명 스위치를 켰지만 천장에 붙은 형광등은 껌벅거리다가 희멀건 빛만 내비쳤다. 형광등 양쪽 끝에 꺼먼 멍 자국이 보였다.

열이 오르는 것 같았다. 당장 눕고 싶었지만 연우가 어쩌고 있는지 살펴야 했다. 나는 연우의 방문을 두드렸다. 안에서는 아무 소리도 들리지 않았다. 나는 좀 더 힘을 주어 문을 두드렸다.

"연우야."

대답이 없었다.

"연우야, 문 열어 봐."

인기척이 없었다. 문을 열자 방에서 찬 기운이 밀려 나왔다. 방바닥에 빨간색 이불이 펼쳐져 있었고 구석에는 연우의 옷이 쌓여 있었다. 창문이 열려 있었다. 나는 낡은 붙박이장을 열어 안에 연우가 숨어 있는지 확인했다. 연우는 없었다.

나는 창문 밖을 향해 소리쳤다.

"연우야!"

마당에도 연우는 없었다. 방을 나와 현관으로 달려갔다. 연우의 하얀 운동화가 보이지 않았다. 현관문으로 나갔다면 문이 바닥 긁는 소리를 냈을 터였다. 연우는 몰래 운동화만 가져와 창문을 통해 나간 것이었다.

대체 어디로.

연우의 번호로 전화를 걸었지만 벨 소리는 연우 방 이불 밑에서 울렸다. 화가 치밀어 올랐고 눈 밑이 실룩거렸다. 나는 바닥을 긁는 인내심을 최대한 끌어올렸다. 점퍼를 챙겨 입고 연우를 찾아 집을 나섰다.

가로등이 하나씩 켜지기 시작했다. 2층짜리 오래된 단독주택들이 담장 하나로 맞닿아 있는 조용한 동네였다. 멀리 시내의 아파트 단지와 빌딩들이 눈에 들어왔다. 단독주택 단지를 빠져나가는 길 왼편은 산이었다. 오른편에는 산책로가 있는 개천과 도로가 있었다.

나는 시내로 이어지는 오른쪽을 선택했다. 걸으면서 놀이터와 골목을 살폈다. "연우야! 연우야!" 하고 불렀지만 연우는 나오지 않았다. 어디에선가 개 짖는 소리가 들렸다. 할아버지는 전화를 받지 않았다. 시내로 가는 2차선 도로 양쪽 인도에는 사람이 없었다. 멀리 투명한 방음벽을 두른 고속도로가 보였다. 고속도로는 궁둥이에 빨간불을 켠 차들로 그득했다.

나는 속으로 뇌까렸다.

'내게는 아무 책임도 없어.'

'해야 하는 만큼만 할 거야.'

속으로 되뇌는 말들과 달리 연우를 찾는 발걸음이 빨라졌다. 어느새 나는 도로 옆 인도를 타닥타닥 달리고 있었다. 버스와 트럭과 승합차가 지나갔다. 공사장과 공원을 지났다. 화훼 단지 옆 작은 마을은 조용했다. 112에 전화를 걸어 실종 신고를 해야 하는 걸까. 아니면 주봉이나 미희에게 연우 찾는 걸 도와 달라고 해야 할까. 할아버지에게 다시 전화를 걸었으나 이번에도 받지 않았다.

달리던 걸음에 힘이 빠졌다. 열 걸음쯤 더 걸어가던 나는 멈춰 서고 말았다. 이만큼 왔는데도 연우를 찾지 못했다는 건 방향을 잘못 잡았다는 의미였다. 어쩌면 연우는 집에 돌아와 있을지도 몰랐다. 처음부터 2층 할아버지 방에 숨어 있었던 걸지도 몰랐다. 집에 전화를 걸었지만 받는 사람은 없었다. 나는 드문드문 별이 뜬 하늘을 올려다보며 더운 숨을 토했다. 뺨에 땀이 흘렀고 이마에 찬 바람이 닿았다.

"유리니?"

골목 쪽에서 귀에 익은 목소리가 들렸다.

고향숙 선생님이었다. 선생님은 운동복 차림에 개 줄을 쥐고 있었다. 개는 내게 다가와 발치를 돌며 꼼꼼히 냄새를 맡았다. 청회색 빛깔의 작은 개였다. 개를 좋아하긴 했지만 지금은 반길 수가 없었다. 나는 선생님에게 고개를 숙여 인사했다.

고향숙 선생님이 물었다.

"여기서 이 시간에 뭐 해?"

나는 머뭇거리다 대답했다.

"동생 찾으려요."

"동생? 무슨 일 있었어?"

설명을 시작하려니 힘이 빠졌다. 사정이 복잡해서 지금 설명하기는 어렵다고 하자 선생님은 "같이 찾아보자." 하고 말했다. 선생님은 주위를 두리번거리다 말고 나를 돌아보았다.

"동생이 혹시 남동생? 초등학생?"

그렇다고 하자 선생님이 검지로 관자놀이를 두드리며 말을 이었다.

"아까 공원에서 본 것 같아."

"공원요?"

선생님은 공원 벤치에서 남자애를 하나 봤다고 했다. 늦은 시간에 텅 빈 공원에 혼자 있는 게 걱정돼서 말을 걸었는데 대꾸는 없었다고 했다.

연우일지도 몰랐다. 나와 선생님은 공원으로 향했다. 선생님은 가는 동안에도 연우를 찾는 이유를 캐묻지 않았다. 개의 이름이 '토리'라는 것과 선생님 집이 이 근처라는 것 정도만 얘기했다. 선생님 집은 우리 집에서 멀지 않았다. 산 아래 한정식 식당 2층이었다. 선생님 집이 식당 2층이라는 건 의외였다. 한정식 식당 2층에는 작은 원룸 넷이 전부였다. 밥 맛없기로 유명한 한정식 식당의 부수입을 착실히 올려 주는 곳이었다.

우리는 공원으로 들어섰다. 사람도 드문 곳에 뜬금없이 자리 잡은 공원이었다. 공원에는 아무도 없었다. 선생님은 벤치에 올라가 주위를 휘휘 둘러보기도 했고 "연우야! 연우야!" 하고 소리쳐 부르기도 했다. 사방이 트인 곳이어서 여기저기 찾아볼 필요도 없었다. 연우는 보이지 않았다.

다리에 힘이 풀려 벤치에 털썩 앉았다. 머리가 아팠고 화가 났다. 오늘 들었어야 하는 인터넷 강의를 듣지 못했다. 내일 학교에 가져가야 할 책과 숙제도 챙기지 못했다. 연우를 다시 만나게 되면 엎어 놓고 엉덩이를 두들겨 주고 싶었다.

고향숙 선생님이 어딘가를 가리켰다.

"유리야, 저기 봐라. 저기."

나는 고개를 들어 선생님이 가리키는 곳을 쳐다보았다. 공원 한가운데 있는 화장실이었다. 남자 화장실에만 불이 들어와 있었다.

"가 보자."

우리는 화장실로 갔다. 화장실 밖에서 "연우야!" 하고 불렀지만 대답은 없었다. 나는 화장실 유리문을 열었다. 시멘트 냄새와 세제 냄새가 풍겼고 훌쩍이는 소리가 났다.

나는 성큼성큼 들어가 변기 칸을 확인해 보았다. 네 번째 칸만 문이 닫혀 있었다.

"연우니?"

손으로 슬쩍 밀자 문이 열렸다. 변기 위에 앉아 있는 남자아이가 보였다. 나는 눈을 질끈 감았다가 떴다. 그대로 주저앉고 싶었다.

연우는 눈물과 콧물이 얼룩진 얼굴로 나를 빤히 쳐다보았다.

8

연우를 공원에서 데려와 늦은 저녁을 챙겨 주었다. 아무것도 묻지 않았고 다그치지도 않았다. 내 방 침대에 눕는 것과 동시에 온몸이 아파 왔다. 머리에서 폭죽이 터지는 것 같았고 어깨가 쥐어짜듯이 아팠다. 이 사이로 신음이 새어 나왔다. 체온이 38도를 넘겼다. 해열제를 먹고 다시 누웠으나 통증은 멎지 않았다. 나는 두 주먹을 꼭 쥐었다. 땀이 쏟아졌고 맞닿은 이가 딱딱거리는 소리를 냈다. 어느 순간 정신이 스위치를 내린 것처럼 꺼져 버렸다.

다시 눈을 뜬 시각은 새벽 네 시였다. 형광등에 눈이 부셨고 베개와 이부자리가 눅눅했다. 나는 신음을 토하며 몸을 일으켰다. 몹시 목이 말랐다. 비틀거리며 문밖으로 나가 거실을 가로질렀다. 냉장고에서 물병을 꺼내어 병째 들이켰다. 차가운 물이 입 안과 식도로 쏟아져 들어가자 정신이 개운해지는 것 같았다. 여전히 미열이 있었지만 잠들기 직전에 앓았던 걸 생각하면 감사

할 지경이었다. 아파도 말할 사람은 없었다. 2층으로 올라가는 계단이 컴컴했다.

할아버지가 집에 있었더라도 다를 건 없었다. 할아버지와 나의 생활공간은 1층과 2층으로 구분되어 있었다. 2층으로 올라가는 계단 끝에는 문도 달려 있었다. 할아버지는 2층의 황량한 공간을 전유했고 나는 1층을 차지했다. 아파도 각자의 공간에서 아팠다. 같이 집에 있는 날이면 할아버지는 밥과 국을 쟁반에 담아 2층에 올려 달라고 했다. 마치 일부러 나를 피하는 것처럼.

각자의 공간에서 각자의 할 일만 하는 일상이었다. 할아버지는 내게 맡긴 체크카드에 매달 생활비를 입금했다. 각종 공과금은 할아버지가 직접 처리했다. 역할 분담이 분명했다. 할아버지와 나는 늘 딱 그만큼이었고 그게 나쁜 건 아니었다. 할아버지는 내게 특별한 애정을 보내거나 관심을 두지 않았다. 내가 하기 싫어하는 일을 억지로 권하지도 않았다. 엄마가 뭐 하래, 아빠가 뭐 하지 말래, 하고 친구들이 투덜거릴 때마다 홀가분한 기분이 들기도 했다.

오늘은 아니었다. 할아버지는 내가 오늘 겪은 일들을 모를 것이다. 어쩔 수 없이 서운했고 평소보다 외로웠다. 나는 비틀거리며 걸음을 옮겼다. 어지러워서 벽을 손으로 짚고 걸었다. 내 방으로 돌아가던 나는 연우의 방문을 쳐다보고는 걸음을 멈췄다. 문

틈으로 흰빛이 새어 나왔다. 설마 얘가 아직 안 자나. 나는 연우의 방문을 조심스레 열어 보았다.

옆으로 누운 연우는 몸을 태아처럼 웅크리고 곤한 숨소리를 내며 자고 있었다. 연우도 불을 켜 둔 채 잠든 거였다. 화장실 변기 위에 쪼그리고 앉아 있던 모습이 떠올랐다. 웅크리고 자는 게 안쓰러워서 똑바로 눕혀 주었더니 알아들을 수 없는 목소리로 웅얼거렸다.

가슴이 욱신거렸다. 좀 전의 말은 "잘못했어요." 같았다. 나는 한숨을 내쉬며 손가락으로 연우의 이마에 붙은 머리칼을 걷어 냈다. 눈가에 말라붙은 눈물 자국이 보였다. 예쁘장하게 생긴 얼굴이었다. 온순하고 평온해 보였다. 그래서였을까. 이번엔 서정희 씨의 얼굴이 떠오르지 않았다. 잠든 연우는 초등학교 4학년인데도 아기 같았다.

갓 태어났을 때도 이런 얼굴이었겠지.

갓 태어난 아기는 팔뚝만 하다고 들었다. 연우는 작고 작을 때도 이런 얼굴로 잠들었을 것 같았다. 입술을 오물거리며 엄마의 젖꼭지를 빨았을 것이다. 엄마 서정희 씨는 연우를 품에 안았을 것이다. 이마에 뺨을 비비며 사랑한다고 말했을지도 모른다. 언제부터 연우를 학대했는지는 알 수 없었지만 갓 태어났을 때는 아니었을 것 같았다. 이토록 예쁘고 사랑스러운데 설마. 콧등이 시큰해지면서 콧물이 돌았다. 서러웠고 치사했고 가슴이 뭉클했다. 서로 어울리지 않는 감정이었지만 이상할 일은 아니었다. 닥쳐 버린 모든 일이 그렇듯 이 마음도 어쩔 수가 없었다.

감정이 자꾸 가라앉아 갔다. 위험한 조짐이었다. 궁상떨면서 스스로를 불쌍하게 여기는 것만큼 처량한 노릇도 없었다. 나는 애써 생각을 학교로 돌렸다. 여전히 머리가 아팠고 어깨가 쑤셨다. 이런 상태로 내일 학교에 갈 수 있나, 아침에 먹을 게 냉장고에 있나 생각했다.

몸을 일으키기 전, 연우의 어깨 아래로 내려온 빨간 이불을 끌어 올려 주는데 연우의 목 언저리에 검붉게 변색된 피부가 눈에 들어왔다. 경찰의 말이 떠올랐다.

아동학대 사실도 분명해 보여요.

낮에 보았던 두피의 짓무른 상처도 떠올랐다. 직접 확인하고 싶었다. 나는 천천히 이불을 걷어 내렸다. 연우의 얼굴을 곁눈질하면서 면 티를 위로 조심스레 걷어 올렸다.

나는 손으로 입을 가렸다.

배와 가슴에 검붉고 노란 멍 자국이 선명했다. 연두색과 보랏빛 멍 자국도 보였다. 푸르스름하게 변해 가는 멍 자국이 먹물

번진 자국 같았다. 연우가 몸을 뒤척였다. 나는 얼른 손을 떼고 물러나 앉았다.

대체 왜.

엄마 서정희 씨가 입힌 상처일 터였다. 어른의 손에 매질당하는 연우의 모습이 떠올랐다. 연우가 질렀을 비명이 들리는 것 같았다. 황망했던 감정이 가슴속에 불을 지폈다. 머리로 피가 쏠렸고 눈가 근육이 뭉쳤다. 눈을 감고 감정을 다스리려 애썼으나 마음대로 되지 않았다.

나는 이불을 덮어 주고 거실로 나왔다. 식탁 의자에 앉아서 컴컴한 거실 창밖을 쳐다보았다. 나도 모르게 주먹을 말아 쥐고 있었다. 서정희 씨는 왜 그랬을까. 그것도 자기가 낳은 아들에게.

장례식장에서 나는 할아버지에게 물었다.

"어떻게 지냈대요? 엄마는요."

할아버지는 말했다.

"재혼했고 이혼했다. 가평 쪽 시골에서 보습학원 수학 강사로 일했고."

서정희 씨는 가난했다. 학원 사정이 여의찮아서 이 집 저 집 돌아다니며 과외를 했는데 그마저도 신통치 않았다고 했다. 서정희 씨를 찾아온 조문객은 시골 마을 이장을 비롯한 몇몇이 전부였다. 나는 그들의 대화에서 서정희 씨가 알코올중독이 의심될 정도로 망가진 삶을 살았다는 걸 알았다. 조문객 중 한 명은 서정희 씨가 이상한 약이라도 한 거 아니냐며 수군거리기도 했다.

할아버지에게 어째서 딸이 이 지경이 되도록 내버려 두었느냐고 묻고 싶었지만 묻지는 않았다. 할아버지가 입을 꾹 다물어 버릴 것이 너무도 분명했기 때문이었다.

장례식 뒤로도 마음이 복잡했다. 아무렇지 않은 듯, 지나가는 일처럼, 누구나 한 번은 겪는 일로서, 엄마라던 사람의 죽음을 흘려보내려 했지만 실상은 그렇지 않았다. 정체를 알 수 없는 감정들이 뒤죽박죽 뒤섞여 엉망이었다. 자다가 소리를 지르며 일어난 적도 있었다. 잠결에 입 밖으로 튀어 나간 말은 꽤나 거친 말이었던 것 같다. 다시 잠을 이루기까지 감정이 사나웠던 걸 보면.

서정희 씨의 삶은 어디서부터 꼬였던 걸까. 그녀에게도 나 같은 시절이 있었을 터였다. 초등학생 시절, 중학생 시절, 고등학생 시절을 거쳐 대학에 들어갔을 터였다. 직장 생활도 하고 결혼도 했다. 그리고 다리에서 떨어져 죽었다. 마흔아홉 나이에. 그것도 자기 아이를 발로 걷어차다가.

나를 버리고 가뿐하게 떠났으면 최소한 잘 살기는 해야 하는 거 아닌가. 자기 몸으로 낳은 자식이면 살갑게 대해 주고 사랑해 주고 아껴 줬어야 하는 거 아닌가. 죽음을 맞으면서 그녀는 무슨 생각을 했을까. 마지막으로 무엇을 보았을까. 그녀가 들었을 소리는, 그녀가 느꼈을 감촉은 무엇이었을까 나는 생각했다. 아들의 손에 밀렸든, 혹은 사고였든, 그토록 어처구니없는 죽음으로 생을 마감한 건 서정희 씨가 어떤 사람이었느냐와 무관히 그래서는 안 되는 거였다.

나를 낳은 부모는 어디에서 무얼 하며 살고 있을까 하는 생각이 불쑥 올라왔다. 나는 눈을 감았다. 이 생각은 가능하면 빨리 덮는 게 정신 건강에 이로웠다. 늘 그랬다. 항상 그랬다. 할아버지는 내게 친부모와 입양 과정에 대해서 정말이지 아무것도 알려 주지 않았다. 내가 어떻게 해서 이 집에 오게 된 건지 알고 싶어서 할아버지 방을 몰래 뒤져 보기도 했지만 나와 관련된 어떤 것도 찾을 수가 없었다.

나는 벽에 걸린 달력을 쳐다보았다. 4월 달력에 빨간 동그라미를 두른 28일이 눈에 들어왔다. 그 아래에는 중간고사, 라는 문구가 적혀 있었다. 중간고사까지 한 달도 채 안 남았다. 학원 다니는 애들은 3월 말부터 이미 중간고사 특별 대비 프로그램에 들어갔다. 개인 과외를 받는 애들은 더 꼼꼼하게 준비하고 있을 터였다.

시험 생각을 하자 내신 성적으로 생각이 흘렀다. 노력으로 올릴 수 있는 성적은 한계가 뚜렷했다. 유전자가 제일 중요했고 그 다음은 집안의 뒷받침이었다. 노력은 세 번째나 네 번째 정도가 아닐까 싶었다. 할아버지가 개인택시로 얼마나 버는지는 알 수 없었지만 인터넷 검색으로 알아본 개인택시 기사의 벌이는 그야말로 고만고만했다. 그 돈으로 먹을 것과 입을 것을 받는 것도 감사했다. 할아버지는 내게 학원 같은 델 다녀야 하는 거 아니냐고 묻기도 했다. 나는 인터넷 강의로도 충분하다고 했다. 할아버지의 돈으로 학원까지 다니고 나면 이 집을 영영 떠나지 못할 것만 같았다.

나는 번잡해지는 생각을 끊었다. 체온을 재 보니 37도였다. 이제는 잠들어야 했다. 아침에 연우가 순순히 학교에 따라나설지 걱정이었다. 문득 소년보호재판을 받아야 할 거라던 경찰의 말이 떠올랐다. 내일 할 일이 하나 더 늘었다. 연우를 데리고 병원에 가서 진단서를 떼어 두는 게 좋을 것 같았다. 멍든 몸을 사진으로 기록해 두어야 했다.

연우 한 명 왔을 뿐인데 지진이 난 것 같았다.

9

"야, 너 그 소문 들었냐?"

주봉이 식판을 들고 내 옆에 앉으며 말했다. 나는 청국장을 떠먹다 말고 "왔어?" 하고 인사했다. 주봉의 뒤로 식판을 든 미희가, 그 뒤로 세윤이 따라오고 있었다. 세윤이 나를 보고는 눈인사를 했다. 나는 눈을 깜박이며 미희를 쳐다보았다. 미희가 허락을 구하듯 내 얼굴을 살피며 말했다.

"동아리 회의할 겸. 괜찮지?"

우리 셋 외에 다른 친구가 합석하는 이유를 설명하는 말이었다. 세윤이 미희 옆에 앉으며 작은 목소리로 인사했다.

"안녕?"

나는 청국장을 우물거리면서 고개를 끄덕였다. 세윤이 웃은 만큼 웃으려 했지만 어색한 마음을 감출 수가 없었다.

나는 주봉에게 물었다.

"근데 무슨 소문?"

주봉은 "응?" 하고 대꾸했을 뿐 온 정신이 식판에 팔려 있었다. 등갈비와 백김치, 청포묵을 찬찬히 훑어보며 "오늘 급식 완전 내 스타일." 하고 중얼거렸다. 주봉은 숟가락을 들고 경건한 표정으로 가슴과 머리에 성호를 그었다. 미희가 주봉을 쳐다보고는 입을 열었다.

"주봉아. 틀렸어."

주봉이 청국장에 밥을 말면서 "틀려? 뭐가?" 하고 말했다.

"성호 긋는 방법 말이야. 너 좀 전에 가로로 먼저 긋고 세로로 그었잖아. 그게 아냐. 세로 먼저 긋고 가로는 그다음에."

미희는 손으로 이마와 가슴을 찍고 왼쪽 어깨와 오른쪽 어깨를 찍었다. 세윤도 미희 옆에서 성호를 그었다. 익숙하고 정성스러운 동작이었다.

주봉은 "이마, 가슴, 왼쪽, 오른쪽. 이마, 가슴, 왼쪽, 오른쪽." 하고 되뇌며 큼직한 이마와 푹신한 몸통을 찌르고는 등갈비 하나를 집어 들었다. 나는 주봉을 향해 말했다.

"너도 성당 다녀?"

"나? 아니?"

"성호는 뭐냐 그럼."

"쟤들이 같은 성당이래서 분위기 좀 내 봤지. 유리 너도 성당

갈래?"

물어본 내가 잘못이지 싶었다. 도무지 진지한 구석이라고는 찾아볼 수 없는 애였다. 세윤이 우리를 어떻게 볼지 신경 쓰였다. 나는 말머리를 돌렸다.

"소문 얘기는 뭔데?"

주봉이 입맛을 다시며 말했다.

"아, 그거. 너네 반 담임이 원래는 교감이었대. 전에 다녔던 학교에서."

세윤이 되물었다.

"교감이었다고?"

나는 눈을 굴려 미희를 쳐다보았다. 교감이 교사로 내려올 수도 있는 건가? 미희는 말없이 젓가락으로 멸치볶음에서 고추를 골라내고 있었다. 분위기를 보니 미희도 아는 소문인 것 같았다. 주봉이 속삭이듯이 말했다.

"응. 음주 운전 걸려서 교사로 강등됐다는 거야."

음주 운전? 강등? 나는 젓가락으로 국을 뒤적이며 물었다.

"정말이야?"

"술 먹고 대리 기사를 불렀대."

나는 언성을 높였다.

"야, 그게 무슨 음주 운전이야?"

"차 안에서 대리 기사한테 행패를 부렸다더라. 대리 기사는 화가 엄청 났고. 대리 기사가 길가에 차를 세우고는 그냥 내려 버린 거지. 알아서 가든지 말든지, 하면서."

"그래서?"

"근데 그다음에 너희 담임이 그 차를 운전했다는 거야. 술에 만취해서. 열받은 대리 기사는 그걸 찍어서 신고했고."

"헛소문 아냐? 그렇게 자세한 사정까지 어떻게 알아?"

주봉이 흠, 하고 목을 가다듬고 말했다.

"그 대리 기사가 학부모였던 거지. 진짜 대박이잖냐? 교감에서 강등될 정도로 징계를 받으면 그만두는 게 보통인데 그냥 학교에 붙어 있는 거래."

"왜?"

내 물음에 주봉이 검지 끝과 엄지 끝을 둥글게 맞대어 들어 올렸다.

"이거 때문이 아니겠냐."

나름 완성된 이야기였다. 이야기의 진위는 확인할 수 없었지만 주봉이 저토록 상세히 알고 있는 거라면 이미 상당히 퍼진 소문일 터였다.

소문이 사실일까.

술에 취해 운전대를 잡는 고향숙 선생님의 모습과 연우를 다

독이며 선생님 집에 놀러 오라고 말하던 모습이 나란히 떠올랐다. 아침에 선생님은 내게 "연우는 괜찮아? 아침에 바쁘면 선생님이 태워다 줄까?" 하고 말해 주었다. 아침마다 선생님 신세를 질 수는 없었다. 그래도 누군가 내 고생을 알아주는 게 고마웠다. 주봉의 이야기에 까닭 없이 배신감이 들었다.

"그게 전부가 아니라는 말도 있어."

주봉이 은밀한 목소리로 말하며 고개를 수그렸다.

"너네 담임 선생님이……."

주봉이 짝 소리가 나도록 손뼉을 치고는 등을 의자에 기댔다.

"불륜이었대. 그걸로 이혼당했댄다."

나와 세윤이 동시에 주봉을 쳐다보았다. 미희는 젓가락질을 멈추고 고개를 반대편으로 돌렸다. 주봉은 청국장을 퍼먹으며 요즘은 나이가 많아도 불륜이 가능하다는 둥, 이게 다 백세시대가 열려서라는 둥, 의학의 발달이 불륜 가능 연령을 높인 거라는 둥 혼자 신이 나서 떠들었다. 슬금슬금 짜증이 올라왔다. 소문 얘기가 시작된 뒤로 한마디 말도 없는 미희의 가라앉은 기분도 신경 쓰였다.

세윤이 나지막한 목소리로 주봉의 말을 막았다.

"음주 운전은 모르겠는데 불륜 얘기는 말자. 헛소문이면 어쩌려고 그래?"

나는 세윤을 쳐다보았다. 아무리 모범생 부류라고 해도 선생님 뒷담화를 그만하자고 막아서는 캐릭터는 처음이었다. 세윤은 말을 이었다.

"뒷담화로 말 도는 거 견디기 힘들어. 그런 적 없어?"

세윤과 눈이 마주쳤다. 그런 적 없어? 하는 말이 나를 향한 건가 싶었다. 뭐지? 싶은 느낌이 들었으나 지금 걱정스러운 건 미희였다. 미희는 조금 전 주봉이 불륜 얘기를 꺼냈을 때부터는 아예 굳어 버린 사람처럼 꼼짝하지 않았다.

"야야, 이것도 저번 학교에서 건너온 소문이야. 진짜라니까? 음주 운전, 불륜, 이혼, 셋 다. 야, 그리고 불륜도 사랑의 한 종류다? 그거 무시하면 안 돼."

미희가 주봉의 말을 끊었다.

"주봉아, 그만 말할래?"

목소리가 심상치 않았다. 미희의 표정을 알아차린 주봉이 뜯다 만 등갈비를 아래로 내렸다. 들이마셨다 내쉬는 미희의 숨소리에는 섣불리 건드리지 못할 감정이 섞여 있었다. 미희는 다 먹지도 않은 밥과 반찬을 식판 한 칸에 긁어 넣었다. 주봉은 아, 그러니까, 저기, 하는 소리만 더듬거렸다.

영문을 알 수 없었지만 어렴풋이 느껴지는 건 있었다. 가족과 관련된 일일 것 같았다. 미희는 자기 성적과 가족 얘기는 한 번도 꺼내 놓은 적이 없었다.

주봉이 기어들어 가는 목소리로 말했다.

"미희야, 저기, 미안하다. 내가 입방정을 떤 거지?"

미희는 대답하지 않았다. 주봉의 입이 달싹거렸다. 무슨 사정이냐고 물어보려는 것 같았다. 쉽게 물어서는 안 될 사정일 터였다.

누군가 내게 나의 가정 이력을 묻는다면 어떨까. 어째서 할아버지와 둘이 살고 있는지, 어째서 아빠와 엄마가 없는 건지 캐묻는다면 어떨까. 감추고 싶었던 내 사정을 똑바로 노리고 들어오는 질문을 받는다면 나는 어떨까.

그만하라는 신호를 주려는데 주봉의 입이 닫혔다. 세윤이 눈짓으로 주봉을 말리고 있었다.

미희가 말했다.

"나, 먼저 일어설게."

나는 서둘러 식판을 정리하며 말했다.

"같이 가도 돼?"

미희는 고개를 내젓고는 식판 반납대를 향해 걸어갔다. 나는 주봉을 향해 눈을 부라렸다. 주봉은 어쩔 줄 몰라 하며 시무룩한 얼굴을 했다.

10

채팅이 꼭 필요할 때가 있다. 엉망이 된 기분을 감추고 웃는 이모티콘을 보내야만 할 때, 화가 나고 치사하지만 아무렇지도 않은 척 속을 감춰야만 할 때, 갈비뼈 사이에서 시기와 질투가 보라색 가스를 뿜어내는 듯하지만 진짜 축하해! 너무 잘됐다! 최고 최고! 하는 말들을 해야만 할 때. 관계를 안전하게 유지하기 위해 적당한 가면을 써야 할 때 채팅은 정말 필요했다.

미희가 새로운 채팅방을 만들었다. 구성원은 미희, 나, 주봉, 그리고 세윤. 나는 인터넷 강의를 정지시키고 모니터에 채팅창을 띄웠다. 먼저 말을 남긴 건 미희였다.

—아까는 내가 미안. 다음부터는 안 그럴게.

깔끔한 사과였지만 힘들어했던 이유를 설명하지는 않았다. 나는 웃는 이모티콘을 보내며 '괜찮아! 나도 괜히 미안했어!' 하고 적었다. 여기서 주봉이 아까 대체 왜 그런 거야? 이유나 좀 알자,

하는 식의 메시지만 보내지 않는다면 없던 일처럼 넘어가게 될 것 같았다. 다행히 주봉은 점심때 했던 말을 반복했다.

—아냐. 내가 미안해. 내 입을 꿰매 버리고 싶다. 정말.

나는 마음속으로 중얼거렸다. 바늘과 실을 가져와. 내가 솜씨를 발휘해 주지.

미희는 웃는 얼굴 이모티콘을 보냈고 괜찮다고 다시 말했다. 나도 장단을 맞추어 너스레를 떨었다. 세윤도 비슷한 식으로 반응했는데 마지막에 한 글자로 올린 한마디가 눈에 걸렸다.

—힘!

얘는 뭘 알고 있나? 세윤이 미희와 같은 성당을 다닌다니 어쩌면 내가 모르는 속사정도 잘 아는 사이일 수 있었다.

주봉을 말리던 세윤의 눈짓이 떠올랐다. 어떻게 그렇게 빨리 반응할 수 있었을까. 그 짧은 순간에 미희의 상황을 파악하고 주봉이 무엇을 하려는지 알아차린 게 대단하다 싶었다. 보기와 달리 눈치가 빠른 애였다. 대개 그런 잽싼 눈치는 평소에 눈치를 보며 사는 사람들이 획득하는 아이템 같은 거였다. 얘가 나처럼 눈치 보면서 사나? 하는 생각이 들었고 피식 웃음이 났다. 설마.

익숙한 자동차 소리가 들렸다. 나는 눈을 들어 어둑한 창밖을 쳐다보았다. 집 앞에 은색 택시가 멈춰 섰다. 할아버지였다. 나는 달력을 쳐다보았다. 일주일쯤 걸릴 거라던 할아버지는 하룻밤만 보내고 돌아왔다. 할아버지를 마중 나가면서 연우를 불렀다. 할아버지가 왔으니 나와 보라고 했으나 연우는 내가 현관문을 열고 나서야 방에서 나왔다.

할아버지는 낯빛이 꺼칠했다. 몸에서 낯선 냄새가 풍겼다. 아무래도 병원 냄새 같았으나 내색하지 않았다. 연우와 내가 "잘 다녀오셨어요?" 하고 인사하자 할아버지는 손에 들고 온 검은 봉지를 내밀었다. 받아 든 봉지는 제법 묵직했다.

할아버지는 나를 쳐다보고는 뭔가 마음에 들지 않는다는 듯 가볍게 눈가를 찌푸렸다. 할아버지가 턱 끝으로 내게 건넨 봉지를 가리키며 말했다.

"추어탕이다. 데워서 반 그릇만 올려 다오. 지금 말고 조금 나중에."

나는 봉지 안을 들여다보고는 "네." 하고 대답했다. 안에는 갈색 국물이 담긴 하얀 플라스틱 용기가 두 개 들어 있었다. 할아버지가 나를 지나치려다 말고 말을 건넸다.

"너도 먹을래?"

"네?"

할아버지는 흠, 하고 헛기침을 하고는 중얼거리듯이 말했다.

"얼굴이 빠졌잖니. 혼자서 어린놈 돌보느라. 이틀 만에 얼굴이 그게 뭐냐."

나는 2층 계단을 올라가는 할아버지의 구부정한 뒷모습을 쳐다보았다. 조금 전 간지러운 말이 어색했다. 어제 그 난리에 몸살까지 겪었으니 내 얼굴이 반쪽이 되었어도 이상할 건 없었다. 그래도 할아버지가 내게 뭘 먹어 보라고 권하는 일은 흔치 않았다. 내 얼굴에 잠시 머물렀던 시선도 그동안과는 조금 달랐다.

아무래도 이상했다. 요즘 할아버지는 집에서도 헌팅캡을 눌러 쓰고 있었다. 피부 색깔 자체가 예전과 달라서 아픈 사람이라는 걸 모를 수가 없었다. 내가 아는 머리카락이 빠지는 병은 암뿐이었다. 어느 정도 아픈 건지 알고 싶었지만 선뜻 묻지 못했다. 할아버지와 나 사이의 규칙은 이런 상황에서도 관성처럼 작동했다.

나는 핸드폰 검색창에 추어탕, 암이라는 단어를 함께 검색했다. 주르륵 올라오는 게시물에는 암 환자들이 항암치료 중에 추어탕을 먹는다는 정보가 적잖았다. 나는 핸드폰을 식탁 위에 올려놓고 손으로 이마의 흉터를 문질렀다.

암일까? 할아버지가?

마음이 복잡했고 은근히 겁이 났다. 무슨 일이 벌어지고 있는 것 같았다. 정체 모를 불길한 느낌이 스멀스멀 올라왔다. 하긴, 할아버지가 멀쩡하다면 그것도 이해 못 할 일이긴 했다. 살가운 사이가 아니었다곤 해도 딸이 먼저 세상을 떠났으니 마음이 오죽할까 싶었다.

할아버지 생각에서 빠져나와야 했다. 손을 바삐 놀리는 게 좋았다. 나는 저녁 식탁을 차렸다.

참치김치찌개에 반찬이 김치였다. 계란찜을 하려 했는데 마침 달걀이 딱 떨어졌다. 연우는 밥에 참치김치찌개를 퍼 올리고는 썩썩 비벼 먹었다. 어색한 숟가락질은 금방 고쳤지만 젓가락질은 아무래도 시간이 걸릴 모양이었다. 밥을 먹으면서도 몇 번이나 내 눈치를 살피기에 제발 좀 그만하라고 했다. 깨끗하게 비어 가는 연우의 국그릇과 밥그릇을 보며 나는 찬거리를 더 사야겠다고 생각했다.

요리를 시작하게 된 건 초등학교 3학년 때부터였다. 할아버지는 말만 없는 게 아니라 요리 실력도 없었다. 삶은 감자와 삶은 달걀만 식탁에 올라올 때가 한두 번이 아니었다. 내가 처음으로 감자와 양파가 들어간 된장국을 끓여 식탁에 올렸을 때, 할아버지는 미심쩍은 표정으로 한 숟가락을 떠 입에 넣었다. 별것 아닌 그 순간의 기억이 선명했다. 지금보다 한참 젊었던 할아버지는 너무 오래 끓여 숟가락만 닿아도 허물어지는 감자를 떠먹은 뒤 음미하는 것처럼 음, 하는 소리를 냈다. 나는 윗니로 아랫입술을 지그시 누르고 할아버지의 입과 눈가를 쳐다보았다.

할아버지는 눈을 껌벅거리며 말했다.

"맛이, 괜찮구나."

그 기억을 떠올리면 그때의 감정이 되살아났다. 주방일이 피곤할 때면 일부러 그 기억을 소환하기도 했다. 언제 되새겨도 반짝이는 기억이었다. 할아버지의 입에서 맛이 괜찮다는 말이 나왔을 때 내 안에 차올랐던 기쁨과 보람은 쓸쓸한 바다에서 만난 초록빛 작은 섬 같았다. 그날 나는 식사를 마치고 내 방으로 돌아와 소리 없이 웃었다.

"잘 먹었습니다."

연우는 내게 고개를 숙여 인사를 하고는 그릇을 정리했다. 싱크대에 가서 수돗물로 그릇에 남은 밥풀과 건더기를 비워 냈다. 시키지도 않았는데 분홍 수세미에 세제를 묻혔다. 나는 고개를 빼고 연우가 설거지하는 모습을 지켜보았다. 작은 손 안에서 그릇이 자꾸 미끄러지곤 했지만 그릇의 안쪽과 바깥쪽을 능숙하게 문지르는 게 한두 번 해 본 솜씨가 아니었다.

"설거지를 잘하네?"

연우는 "네." 하고 대답했다. 그러다가 한마디 덧붙였다.

"설거지는 제 담당이었거든요. 엄마랑 살 때요."

나는 연우의 등을 쳐다보았다. 연우가 엄마 얘기를 자기 입으로 꺼내는 것도, 묻지 않은 이야기를 꺼내는 것도 처음이었다.

"혹시요."

연우가 또 말을 걸었다. 내게 마음을 조금이나마 열었다는 의미였다. 아마도 아까 병원에서의 일 때문일 터였다.

　의사 선생님은 나와 함께 연우의 몸을 살펴보면서 깊은 한숨을 여러 차례 내쉬었다. 어깨, 가슴, 등, 허벅지, 엉덩이에 각기 다른 색깔과 크기의 멍 자국이 선명했다. 나는 떨리는 손으로 몇 개인지 헤아리기도 어려운 연우의 멍 자국을 핸드폰 카메라로 찍었다. 의사 선생님은 연우에게 누가 때린 거냐고 물었다. 연우는 입술을 달싹거리다가 고개를 푹 숙였다. 의사 선생님은 착잡한 눈으로 나를 쳐다보았다.

　의사 선생님은 연우를 내보내고 내게 말했다. 아동학대로 보인다고. 외부에 노출되지 않는 부위만 골라 때린 것 같다고 했다. 연우 엄마가 그랬을 거라는 내 말에 의사 선생님은 잠시 입을 다물었다. 누가 그랬건 이건 범죄라고, 반드시 처벌해야 한다고 했다. 나는 간신히 울음을 삼키고 대답했다. 이미 죽은 사람을 어떻게 처벌하느냐고.

　벌게진 얼굴로 진료실을 나왔다. 대기실 소파에 앉아 텔레비전을 보고 있던 연우와 눈이 마주쳤다. 연우는 눈물로 번들거렸을 내 얼굴을 빤히 쳐다보았다. 나를 향해 세웠던 격벽에 금이 갔다면 아마도 그때였을 것이다.

　나는 싱크대 앞에 서 있는 연우에게 말했다.

　"혹시 뭐? 할 말 있으면 얼굴 보고 얘기해도 돼."

연우는 그릇을 건조대 위에 차례차례 올리며 말했다.

"엄마가 가르쳐 줬어요?"

"뭘?"

"참치김치찌개요."

대답할 말을 고르기 어려웠다. 연우가 저녁을 먹으면서 했을 생각을 짐작했고 가슴이 쿡 쑤셨다.

"참치김치찌개는 누가 끓여도 비슷해. 조미료 적당히 넣으면 맛이 다 거기서 거기야."

연우는 수줍게 들리는 목소리로 말했다.

"맛있어요."

나는 말했다.

"내가 요리를 좀 해."

설거지를 마친 연우가 설핏 웃으며 자기 방 쪽으로 걸어갔다. 방문 닫히는 소리가 들렸고 집 안이 고요해졌다.

갑작스레 노곤한 기운이 몰려왔다. 조금 전 연우의 미소를 떠올리고는 피식 웃었다. 나는 주방을 마저 정리하고 할아버지에게 올릴 추어탕을 끓이기 시작했다. 문득 오며 가며 보았던 추어탕 음식점 간판의 뚝배기 이미지가 떠올랐다. 나는 싱크대 안쪽에서 먼지 쌓인 뚝배기를 꺼내어 깨끗이 씻었다. 냄비에 부었던 추어탕을 뚝배기에 옮겨 담고 가스 불을 올렸다.

추어탕과 깍두기와 밥을 쟁반에 담아 계단을 올랐다. 오래된 계단은 발판을 밟을 때마다 *끄*어억 *끄*어억 비명 같은 소리를 냈다.

나는 계단 끝에서 2층 문을 두드렸다.

"추어탕요."

안에서 헉헉거리는 숨소리 사이사이에 껵껵거리는 소리가 들렸다. 구역질 소리 같았다. 문 너머 먼 쪽에서 할아버지의 지친 목소리가 들렸다.

"기다려라."

변기 물 내리는 소리가 들렸다. 문 닫는 소리, 잔기침 소리, 발걸음 소리가 들렸다. 나는 입술을 안으로 말고 불길한 기분을 견뎠다. 할아버지가 3주 전 여행을 다녀왔을 때도 비슷한 소리를 들었다. 한밤중이었고 지금처럼 구역질 소리 뒤에 변기 물 내리는 소리가 났다.

문이 열렸다. 할아버지의 반쯤 벌어진 입술과 젖은 얼굴과 처진 눈꼬리가 눈에 들어왔다.

할아버지는 쉰 목소리로 말했다.

"주고 가라."

나는 추어탕 쟁반을 앞세우고 2층 거실로 들어갔다. 소파 앞에 놓인 교자상에 쟁반을 내려놓고는 할아버지를 돌아보았다. 교자상 쪽으로 걸음을 옮기는 할아버지의 보폭은 짧았고 상체는 평소보다 더 구부정했다. 할아버지는 앉는 동작 하나하나마다 따로 힘을 주었다. 나는 할아버지 맞은편에 앉았다.

"어디 아프세요?"

할아버지는 추어탕 뚝배기를 물끄러미 바라보다가 꿈에서 깬 사람처럼 "응? 뭐라고?" 하고 물었다.

"어디 아프시냐고요."

할아버지 표정이 다시 평소대로 돌아왔다. 무덤덤하고 단단한 얼굴로.

"아니다."

할아버지는 입술을 굳게 다물고 숟가락으로 추어탕을 저었다.

"제핏가루가 있지 않던?"

제핏가루가 무엇인지 몰랐지만 짚이는 게 있었다. 작은 지퍼백에 검은 가루가 담겨 있었다.

"잠시만요."

주방 식탁에 놓아 둔 검은 가루를 봉지째 들고 올라왔다. 할아버지는 흠, 하는 소리를 내며 검은 가루를 추어탕에 뿌렸다. 화학약품 같은 냄새가 확 퍼졌다. 나는 고개를 돌리고 재채기를 하고 말았다.

할아버지가 희미하게 웃으며 말했다.

"추어탕에는 제피가 들어가야 제맛이다."

나는 할아버지를 쳐다보았다. 병색도 병색이지만 할아버지의 이런 말들도 어색했다. 내 안색을 걱정하며 추어탕 먹지 않겠느냐고 말한 것이나 뭐가 이래야 제맛이라는 식으로 말하는 것이나 이제껏 없던 일이었다. 나는 물었다.

"아프신 거 아녜요? 아까 토하는 소리 들은 거 같아요."

할아버지는 아무렇지도 않은 얼굴로 뚝배기에 밥을 말았다.

"늙으면 어딘가 한 군데씩 고장 나기 마련이야. 별거 아니다."

할아버지는 숟가락에 올린 추어탕을 후후 불어 조심스레 입안에 넣었다. 나는 검지 손톱으로 엄지손톱을 눌렀다. 아무리 할아버지와 나 사이의 암묵적인 규칙이 있다고 해도 할아버지를 그냥 내버려 둘 수는 없었다. 할아버지는 시선을 내리깐 채 말했다.

"할 말 있니?"

할아버지의 다음 말이 무엇일지는 어렵잖게 짐작할 수 있었다. 할 일 끝났으면 이제 그만 내려가라고 말할 터였다. 나는 마음을 다잡고 대답했다.

"얘기 좀 해요."

"별거 아니라고 이미 말했다만."

"그게 아니라 연우요."

할아버지는 눈을 들어 내 얼굴을 쳐다보았다.

"말해라."

할아버지는 숟가락을 뚝배기 옆에 내려놓았다. 나는 할아버지 앞에 앉아 어제오늘 있었던 일들을 조곤조곤 이야기했다. 전학 첫날 학교에서 있었던 일과 경찰이 찾아온 일, 공원 화장실에서 연우를 발견한 일, 오늘 오후에 병원에 갔던 일을 다 이야기했다.

할아버지는 가만히 내 이야기를 들었다. 나를 쳐다보는 눈빛이 또렷했다. 걱정하지 말라는 할아버지의 말보다 그 눈빛이 더 믿음직스러웠다. 이따금 한숨을 내쉬기도 했는데 그때마다 앙상한 어깨가 올라갔다가 내려왔다. 병원에서 발견한 연우 몸의 멍 자국에 관해서 이야기하자 할아버지는 턱을 치켜들고 컴컴한 천장 구석을 노려보았다. 구석에 끔찍한 귀신이라도 도사리고 있다는 것처럼.

내 이야기를 다 들은 할아버지가 입을 열었다.

"고생했다."

별것 아닌 말인데도 연우 얘기를 하며 서서히 고조됐던 마음이 가라앉았다.

"병원에서 연우 진단서도 떼어 왔어요. 사진도 찍었고요."

"진단서? 사진?"

"연우가 학대당했다는 증거를 모으는 게 좋을 것 같아서요. 판사한테 얘길 잘해야 하나 봐요. 어쩌면 보호처분 같은 걸 받을 수도 있다고 하고요."

나는 할아버지에게 인터넷으로 알아 둔 소년보호재판과 보호처분의 종류를 설명했다. 할아버지의 눈빛에 감탄하는 기색이 스쳐 지나갔다. 할아버지의 입가와 눈가에 희미한 미소가 서렸다.

"연우 엄마가 왜 그랬는지 모르겠어요."

말을 꺼내 놓고 아차 싶었다. 함부로 꺼낼 얘기가 아니었다. 할아버지는 긴 숨을 내쉬며 고개를 모로 돌렸다.

"나중에 얘기하자. 피곤하다."

할아버지는 숟가락을 들었다. 어깨가 더 굽은 것 같았고 목의 주름이 더 힘없이 늘어진 것 같았다. 일단 오늘은 여기까지 하기로 했다. 할아버지와 제대로 된 대화를 나눴다는 게 스스로 대견했다. 할아버지가 보여 준 미소가 내심 고마웠다.

자리에서 일어나 계단으로 걸어가는데 할아버지 목소리가 들렸다.

"연우 아빠를 찾을 수 있을지도 모르겠다."

나는 걸음을 멈췄다.

"정말요?"

할아버지는 대꾸하지 않고 숟가락질만 했다. 반가울 법한 이야기였는데도 석연찮은 불안이 툭 올라왔다. 나는 몸을 돌려 1층으로 내려갔다. 계단이 끼익 끼익 소리를 냈다.

11

"오늘은 김수영의 시, 「어느 날 고궁을 나오면서」를 공부하겠습니다. 중간고사 시험 범위니까 집중 잘하고요."

교탁 앞에 선 고향숙 선생님은 차분한 분홍색 투피스 차림이었다. 흰 단추가 달린 분홍 재킷 사이로 레이스 달린 블라우스가 보였다. 온풍기 바람이 얼굴에 닿았다. 나는 립밤을 꺼내어 입술에 발랐다. 4월 중순이 훌쩍 지났는데도 여전히 추울 때는 추웠다. 선생님은 컴퓨터를 켜고 책상과 책상 사이를 오가며 아이들의 수업 준비 상태를 점검했다. 나는 교과서를 펼치고 볼펜과 공책을 꺼냈다. 책에 눈을 두었지만 마음이 어지러웠다. 어제 법원에서 온 소환장 때문이었다.

소환장의 피고인 칸에 서연우, 라는 이름이 적혀 있었다. 나는 우리 집에 왔던 경찰에게 전화를 했다. 경찰은 나를 안심시키며 연우가 어려서 괜찮을 거라고 했다. 판사가 연우에게 고의성이 있었다고 판단한다고 해도 큰일은 없을 거라고 했다.

아무리 그래도 어린 나이에 재판을 받아야 한다니. 그것도 엄마의 죽음을 두고.

나는 입술을 동그랗게 말고 두어 번 짧은 숨을 내쉬었다. 지금은 다른 데 마음을 쓸 때가 아니었다. 중간고사가 열흘 앞으로 다가오자 아이들은 쉬는 시간에도 학원에서 나눠 준 문제집을 폈다. 스프링 제본을 한 어마어마하게 두꺼운 문제집이었다. 시험 범위에 해당하는 문제들을 모두 모아서 하나로 묶은 문제집이었고 내게는 없는 것이었다. 곁눈질로 그 애들이 푸는 문제집을 볼 때마다 흉부에 압박감이 느껴졌다.

"준비됐죠? 그럼 시작할까요?"

선생님은 텔레비전에 프레젠테이션 자료를 띄웠다. 선생님은 시의 시대적 배경, 시인의 삶, 시의 특징으로 볼 수 있는 표현들을 차분히 설명했다.

고향숙 선생님의 수업은 명료했다. 음운의 변동과 문법에 관해 설명할 때는 어떤 것을 적고 어떤 것을 암기해야 하는지 분명히 짚어 주었다. 수업하는 선생님의 목소리는 낭랑했다. 수업이 아이들에게 먹혀들고 있다는 걸 확인하고는 눈을 빛내기도 했다.

선생님은 수업이 몸에 밴 사람이었다. 말의 속도와 목소리 높낮이가 적절했다. 손짓과 낭랑한 목소리로 설명하는 개념들은 귀에 쏙쏙 들어왔다. 가끔씩이지만 농담도 잘 건넸다. 규칙을 엄격히 적용하는 편이어서 지각이나 수업 시간 핸드폰 사용 등에도 대충 넘어가는 법이 없었다. 규칙은 규칙다워야 한다는 듯 매번 꼬박꼬박 벌점이었다. 고향숙 선생님은 음주 운전 따위와는 어울리지 않는 사람이었다.

선생님은 목소리 톤을 높여 시를 읽기 시작했다.

"왜 나는 조그마한 일에만 분개하는가."

시의 첫 행이 마음을 끌었다. 다음 문장을 궁금하게 만드는 첫 문장이었다. 고향숙 선생님은 잠시 뜸을 들인 뒤 다음 문장을 읽었다.

"저 왕궁 대신에 왕궁의 음탕 대신에."

교실 가운데 어딘가에서 키득거리는 소리가 들렸다. 거슬리는 소리였다. 선생님은 무시하고 다음 행을 읽어 내려갔다.

"50원짜리 갈비가 기름 덩어리만 나왔다고 분개하고."

누군가가 또 쿡쿡거렸다. "50원짜리 갈비. 50원짜리 갈비." 하는 웃음 섞인 목소리가 들렸다. 선생님은 다음 문장으로 내려갔다.

"옹졸하게 분개하고 설렁탕집 돼지 같은 주인 년한테 욕을 하고."

또 웃는 소리가 들렸다. 나는 신경질적으로 고개를 쳐들었다.

교실 중앙에 앉은 남자애 서넛이 어깨를 들썩이며 키득거리는 게 보였다. 병규네 무리였다.

고향숙 선생님이 책에서 눈을 떼고 말했다.

"무슨 일이죠? 뭐가 그렇게 재밌어? 같이 웃을까?"

키득거리던 병규가 손을 들었다. 선생님이 "뭐지?" 하고 묻자 웃음 섞인 목소리로 물었다.

"선생님, 음탕이 뭔가요?"

병규는 극우, 여혐 같은 딱지가 붙은 인터넷 커뮤니티를 매일 돌아다니는 애였다. 그곳에서 얻은 추잡한 가짜 정보를 떠들어대며 목소리에 힘을 주는 부류였다. 음탕 운운한 건 뻔한 수작이었다. 고향숙 선생님을 노린 같잖은 말장난이었다.

고향숙 선생님은 싸늘한 표정으로 말했다.

"음란하고 방탕하다는 뜻이에요. 당연히 성적인 의미이고."

병규는 대각선 앞자리에 앉은 진성에게 말했다.

"맞잖아 새꺄. 내가 말했잖아. 목욕탕 아니잖아."

진성이 천연덕스레 말을 받았다.

"이따가 밤에 음탕한 짓이나 하지 마."

병규가 쿡쿡거리며 말했다.

"어쩌냐, 나는 음탕이 좋은데."

"음주는 싫고?"

"불륜은 좋지."

뒷자리에 앉은 내게도 들릴 목소리였다. 불륜이라니. 머리털이 쭈뼛 섰고 심장이 쿵쾅거렸다. 다시 한번 선을 넘은 말이었다. 그것도 깊숙한 곳에 칼 같은 것을 박으려는 말이었다. 고향숙 선생님은 입을 꾹 다물고 병규와 진성을 잠잠히 바라보았다. 나는 녀석들의 의도를 알아차렸다. 단순한 말장난이 아닌 일종의 복수였다.

병규네 녀석들은 고향숙 선생님에게 종종 벌점을 받았다. 대장 격인 병규는 학기 초인데도 결석, 지각, 수업 태도 불손 등으로 15점을 채웠고 지난주에는 생활교육위원회에 회부됐다. 병규는 학교 봉사 3일 조치를 받았다고, 고향숙 선생님이 준 벌점만 5점이 넘는다고 교실에서 떠벌렸다.

교실에 정적이 감돌았다. 아이들의 시선이 병규와 고향숙 선생님 사이를 오갔다. 고향숙 선생님은 교탁 뒤로 걸어가 두 손으로 교탁의 모서리를 잡았다.

"방금 그 대화는 대단히 듣기 불편하군요. 수업을 방해하는 말일뿐더러 교실의 다른 학생들에게 불쾌감을 줄 수 있는 말이에요."

진성이 "네." 하고 대답하면서 의자에 등을 기대고 다리를 꼬았다. 내 자리에서는 진성과 병규의 뒤통수만 보였다. 어깨를 젖히고 턱을 비스듬히 올린 두 녀석이 어떤 표정을 짓고 있을지는 충분히 상상할 수 있었다.

고향숙 선생님이 눈을 교과서로 옮기면서 말을 이었다.

"한 번 더 그런 언행을 반복하면 규정대로 벌점입니다. 둘 다."

진성이 큰 소리로 대답했다.

"네에."

고향숙 선생님은 다시 교탁 옆으로 나왔다. 나는 속이 탔다. 병규 무리는 물러서지 않을 기색이었다. 선생님은 길게 숨을 내쉬고도 얼른 수업에 복귀하지 못했다. 몇 번 헛기침을 한 뒤에야 다시 시를 읽기 시작했다.

시는 차근차근 아래로 내려갔다. 선생님의 목소리도 처음의 기운을 회복했다. 여섯 번째 연을 읽을 때는 목소리에 힘이 들어간 게 느껴졌다. 수업은 순조롭게 진행됐다. 다행이었다. 교실 안의 공기가 풀렸다. 나만 안도한 것은 아닐 터였다.

그때였다. 누군가가 큰 소리로 재채기를 했다.

"엣취!"

잠시 뒤, 앞에서 누군가가 혀로 '딱' 하는 소리를 냈다. 선생님은 잠깐 멈췄다가 마지막 연을 읽기 시작했다. 재채기 소리는 다시 터졌다.

"엣취! 틀."

나는 고개를 쳐들었다.

'틀?'

잠시 뒤 아까와 같은 소리가 들렸다. 혀로 내는 명료한 소리.

딱

재채기를 한 게 누군지 알 수 없었지만 딱 소리는 병규나 진성이 낸 것 같았다. 고향숙 선생님이 읽기를 멈추고 말했다.

"감기가 유행인가?"

진성이 큭큭거리면서 말했다.

"네. 여기저기 난리도 아니더라고요."

진성의 말이 끝나자마자 병규가 에잇춰! 하고 만들어 낸 재채기를 했다. 그리고 작은 소리를 붙였다.

"틀."

진성이 혀로 소리를 냈다.

딱

모두가 알아들을 소리였다. 그 소리가 무엇을 의미하는지도.

나는 고향숙 선생님을 쳐다보았다. 교실의 누구도 움직이지 않았다. 수업이 끝나기까지는 아직 30분이 남은 상황이었다. 교과서를 받쳐 든 선생님의 손이 떨리는 것 같았다. 선생님은 마지막 연을 다시 읽기 시작했다.

"모래야 나는 얼마큼 작으냐."

고향숙 선생님은 한 행을 읽고는 힘겹게 침을 삼켰다.

"바람아 먼지야 풀아 나는 얼마큼 작으냐."

고향숙 선생님의 목소리는 점점 작아졌다. 한 단어 한 단어 읽을 때마다 목소리가 떨렸고 후, 하고 양 볼이 불룩해지도록 한숨을 내쉰 다음에야 마지막 행을 읽어 냈다.

"정말 얼마큼 작으냐."

마지막 행을 마무리한 고향숙 선생님이 교탁으로 돌아가 자료 화면을 띄우려 할 때였다. 병규가 엣취! 하고 큰 소리로 재채기를 했다. 나는 주먹을 쥐고 눈을 질끈 감았다. 어쩌면 좋을지 몰랐고 참담했고 입술이 떨렸다.

쾅!

책상을 내리치는 소리가 났다. 아이들이 동시에 쳐다본 곳은 세윤의 자리였다. 의자가 뒤로 거칠게 밀리는 소리가 났고 세윤이 일어섰다. 세윤은 고개를 돌려 병규와 진성을 쏘아보았다.

"그만!"

교실을 울린 건 고향숙 선생님의 목소리였다. 선생님은 세윤을 바라보며 말했다.

"자리에 앉으세요."

고향숙 선생님 목소리는 날카로웠다. 세윤이 엉거주춤 자리에 앉았다. 선생님은 교탁 양 끝을 손으로 꽉 쥐고 허리를 폈다.

"조금 전 그 상황이 무엇을 의미하는지 선생님도 잘 알아요. 여기 앉아 있는 여러분들이 아는 것처럼요. 틀니 딱딱. 노인 비하, 노인 혐오 표현이죠. 겪어 보지 못한 상황이라 잠시 당황했어요. 나를 겨냥한 거라고 느꼈어요. 슬펐고 아팠습니다. 좀 기가 막히기도 했어요. 나는 여러분의 담임교사인데 말이죠."

고향숙 선생님은 병규와 진성을 가리키며 차분한 목소리로 말했다.

"그냥 넘어갈 수 있는 일도 아니군요. 두 학생은 수업 끝나고 바로 교무실로 오도록 해요. 교권보호위원회를 열어 달라고 요청할 거예요. 두 학생 태도에 따라서 생활교육위원회로 바꿀 수도 있겠지만 지금은 교권보호위원회가 어떨까 싶어요. 그리고 세윤이는 벌점 1점입니다. 수업 중에 책상을 치면 되겠어요?"

병규가 퉁명스러운 목소리로 말했다.

"재채기가 잘못인가요?"

완전히 평정심을 되찾은 고향숙 선생님은 입꼬리를 올리며 말했다.

"그래요. 이따가 교무실에 와서도 그렇게 진술해 주면 되겠어요. 내가 진술을 받으면 공정하지 않을 수 있으니까 학생부장 선생님께 부탁할게요. 여기 있는 모두에게도 수업 끝나고 진술서를 돌릴게요. 역시 진술서 받는 건 학생부장 선생님이나 생활부 선생님께 부탁하고요."

고향숙 선생님은 핸드폰을 들어 보이며 말했다.

"지금부터는 수업을 녹음합니다. 괜찮겠죠? 자기 목소리 녹음하는 게 싫은 사람은 발표 같은 거 하지 말고요. 어차피 오늘은 강의 위주 수업이니까요."

아무도 대꾸하지 않았다. 고향숙 선생님은 녹음 버튼을 누르고 말했다.

"혹시 재채기하고 싶으면 마음껏 하도록 하세요. 재채기는 잘못이 아닙니다."

고향숙 선생님은 차분히 수업을 이어 나갔다. 세윤이 어떤 얼굴을 하고 있을지 궁금했지만 보이는 건 뒷모습뿐이었다. 고마운 마음이 들었다. 교실의 모두가 나와 같은 마음이었기를 바랐다. 세윤이 생각보다 괜찮은 녀석일 수 있겠다고 나는 생각했다.

　수업을 마치고 연우네 학교로 향했다. 보도와 차도 사이에 바람에 쓸린 연분홍색 꽃잎들이 고여 있었다. 까만 정수리가 내려다보이는 아이들이 알록달록한 가방을 메고 무리 지어 내 옆을 지나갔다. 따듯하고 맑은 날씨였다. 바람도 선선했다. 학교 옆 근린공원에서 헬륨가스를 채운 풍선을 든 아이들이 꺅꺅거리며 뛰놀았다. 개를 데리고 산책 나온 아주머니, 할아버지들이 보였고 한가로운 얼굴로 고개를 젖혀 분홍 꽃비를 맞는 연인들도 보였다. 엄마 서정희 씨는 이제는 이 풍경을 누리지 못하겠구나, 잠깐 생각했다.

　나는 교문 앞에서 연우에게 메시지를 보냈다.

　—학교 앞. 끝났어?

　—네! 갈게요!

　네, 라는 글자 뒤에 붙은 느낌표가 예뻤다. 문자메시지에서 연우 목소리가 들린 것 같았다. 나는 조금 웃었다. 가슴에 따스한 기운이 감돌았다. 연우와 함께한 시간이 20일밖에 지나지 않았다는 게 새삼스러웠다. 연우가 오고 나서 집안 분위기가 달라졌다.

할아버지는 연우의 방에 벽지를 새로 바르고 침대와 책상을 놓자고 했다. 이참에 내 방 벽지도 바꾸자고 했다. 우리는 토요일 아침에 가구 단지와 벽지 가게를 돌았다. 벽지를 직접 고르라고 하기에 나는 한참을 고심하다가 레몬색과 아이보리색이 섞인 줄무늬 벽지를 선택했다. 연우는 각진 로봇들이 일정한 규칙에 따라 나란히 배열된 하늘색 벽지를 골랐다. 할아버지는 내게도 침대와 책상을 새로 사겠느냐고 물었다. 나는 괜찮다고 했다.

벽지와 가구를 고른 후 할아버지와 나와 연우는 돈가스 전문점에서 점심을 먹었다. 연우는 나이프와 포크를 제대로 잡지 못했다. 내가 몇 번 시범을 보여 주었지만 연우는 "이렇게요?" "아닌가? 이렇게?" 하며 헷갈려 했다. 할아버지는 연우의 손을 감싸 잡고 직접 포크와 나이프를 쥐여 주었다. 연우는 입가에 돈가스 소스를 묻혀 가며 먹었고 할아버지는 메밀국수를 먹다 말고 연우를 보며 희미하게 웃었다.

벽지만 바꿨을 뿐인데 다른 공간에 들어선 것 같았다. 할아버지는 내 방의 낡은 책상과 침대를 보고는 못마땅한 표정을 지었다. 연우는 처음 가져 보는 자기 방이라며 좋아라 했다.

나는 인터넷으로 연우의 잠옷을 주문했다. 거실과 주방에서 파란 줄무늬 잠옷을 입은 연우와 마주치면 괜히 기분이 좋아졌다. 적막했던 집 안에 가볍고 밝은 목소리가 울렸고 산뜻한 기운이 감돌았다. 연우 덕분에 일어난 변화였다.

학교에서는 별다른 연락이 없었다. 나는 틈틈이 연우의 공부를 봐주었다. 연우의 학습 상황은 한심하다 못해 처참한 지경이었다.

일단 글씨가 엉망이었다. 일기장에 적은 글을 보면 그야말로 가관이었다. 띄어쓰기를 할 줄 몰랐고 글자들의 크기가 저마다 달랐고 밑줄이 쳐진 공책인데도 문장이 선을 자유분방하게 넘나들었다. 연우가 구구단을 외우지 못한다는 걸 알아차렸을 때는 손으로 내 머리칼을 움켜쥐었다. 대체 애를 어떻게 키운 거야? 하는 소리가 턱밑까지 올라왔다.

연우는 순한 아이였다. 이것도 모른단 말이야? 하고 목소리를 높이면 부끄럽다는 듯 고개를 수그렸다. 간식으로 고구마 맛탕을 책상 위에 올려 주면 눈을 빛내며 나를 올려다보았다. 나는 무심하게 눈길을 돌렸지만 내심 흐뭇했다. 그런 눈빛을 느끼고 싶어서 내 공부도 바쁜 중에 고구마에 설탕물을 입히는지도 몰랐다. 요리와 관련된 전공을 선택해서 대학을 가는 건 어떨까 생각하기도 했다.

진로 고민이 조금 복잡해졌다. 원래대로라면 대학 합격을 빌미로 이 집을 훌훌 털고 떠날 생각이었다. 지금도 그 결심은 여전했지만 연우가 은근히 걸렸다. 연우 아빠를 찾으면 해결될 일이기는 했지만 '그래도' '혹시 모르니까' 하는 마음이 올라오는 건 어쩔 수가 없었다. 대학 진학과 동시에 완전한 독립을 이루겠다던 냉엄한 포부가 조금 사그라들었다. 갈 수 있는 대학을 골라 보다가 전에는 쳐다보지도 않았던 집 근처의 학교를 찾아보기도 했다.

나는 초등학교 정문 옆에 서서 운동장을 바라보았다. 평평하고 넓은 운동장을 바라보는데 까닭 없이 마음이 편안했다. 앞으로의 삶은 저 운동장처럼 평평했으면 했다. 나의 삶이나 할아버지의 삶이나 연우의 삶도 큰 굴곡 없이 평탄했으면 했다. 큰 욕심은 아니라고 생각했다. 아프지 않고 돈에 쪼들리지 않고 적당한 공간을 깨끗하게 관리하며 살고 싶었다.

할아버지는 정말 괜찮은 걸까.

몸이 괜찮다는 할아버지의 말이 정말이기를 바랐다. 아닌 게 아니라 할아버지는 서서히 몸을 추슬렀다. 토하는 소리도 들리지 않았고 택시 운전도 다시 시작했다. 할아버지가 좋아할 만한 먹을거리를 만들어 드리고 싶었는데 딱히 생각나는 게 없었다.

미안한 기분이 들었다. 할아버지도 특별히 좋아하는 음식이 한 두 가지는 있을 텐데.

운동장 저편에서 눈에 익은 남자아이가 걸어오고 있었다. 연우였다. 오늘따라 연우는 걷는 모습도 얌전해 보였다.

"누구 기다리나 봐요?"

누르스름한 카우보이모자를 쓴 학교 보안관 할아버지가 뒷짐을 지고 나를 쳐다보고 있었다. 모자 아래로 삐져나온 하얀 귀밑머리가 바람에 흔들렸다. 딱 할아버지 나이로 보이는 분이었다.

나는 공손히 대답했다.

"네. 동생요."

"동생?"

나는 예의 바른 미소를 올리며 네, 하고 대답했다. 나를 발견한 연우가 손을 슬쩍 들어 올렸다. 나도 손을 마주 흔들었다. 보안관 할아버지가 허, 하고 탄식을 내뱉으며 내게 물었다.

"연우? 연우 누나예요?"

석연치 않은 목소리였다. 보안관 할아버지의 목소리에 묻은 기운이 심상치 않았다. 나는 "네?" 하고 말하며 보안관 할아버지를 쳐다보았다. 보안관 할아버지는 "아, 맞나 보네. 누나가 기특해요, 동생도 챙기고." 하고 말하며 조금 전의 날 선 분위기를 누그러뜨렸다.

그때였다. 차도에 하얀 승용차 한 대가 멈춰 섰다. 덜컥, 소리와 함께 운전석 문이 열렸고 아이보리색 점퍼 차림의 아주머니가 내렸다. 차 뒷자리에서 어린 여자아이가 내렸다. 뺨에는 넓적한 살구색 습윤밴드가 붙어 있었다. 아주머니는 여자아이의 손을 잡고 교문으로 향했다. 표정이 사뭇 심각했다. 보안관 할아버지가 "여기 차 대시면 안 되는데." 하고 말하자 아주머니는 어디에 주차할 수 있느냐고 물었다. 아주머니는 여자아이와 함께 다시 차에 올라 보안관 할아버지가 가리키는 후문 쪽으로 차를 몰았다. 그러나 승용차는 몇 미터 가지 않고 비상등을 켜며 멈춰 섰다.

연우가 말간 얼굴로 나를 향해 걸어오다가 내 앞에 못 미쳐서 우뚝 멈춰 섰다. 불길한 느낌이 훅 밀려왔다. 나는 내 등 뒤를 건너보는 연우의 눈길을 따라 몸을 돌렸다. 다시 차에서 내린 아주머니가 여자아이와 함께 다가와 우리 앞에 섰다. 아주머니는 자기 손을 잡은 여자아이를 내려다보며 물었다.

"얘가 연우니?"

여자아이가 연우와 아주머니를 번갈아 보다가 고개를 끄덕였다. 당황한 연우의 얼굴이 순식간에 돌변했다. 눈꼬리가 조금 올라가고 고개가 비스듬히 내려왔을 뿐인데 조금 전의 천진한 표정이 단박에 사라졌다. 아주머니는 여자아이의 양어깨에 손을 올리고 연우를 내려다보았다. 이 아이 뒤에는 자신이 있다는 것을 보여 주는 태도였다. 아주머니는 감정을 억누르려는지 한숨을 길게 내쉰 뒤 입을 열었다.

"아줌마는 세희 엄마야. 세희 얼굴에 상처, 네가 그랬어?"

이마의 흉터가 욱신거리는 것 같았다. 또다시 겪어 본 적 없는 상황이었다. 나는 연우를 쳐다보았다. 연우는 꼼짝하지 않고 서 있을 뿐 대꾸가 없었다. 연우와 나를 쳐다보던 세희 엄마가 내게 말을 걸었다.

"이 애랑 어떻게 되시죠?"

"누나인데요. 무슨 일이세요? 연우가 뭐 잘못한 게 있나요?"

세희 엄마는 이마 아래로 내려온 머리칼을 쓸어 올리며 입술을 굳게 다물었다. 뒤에서 보안관 할아버지가 다가왔다.

"이 녀석이 또 뭔 사고를 쳤나?"

보안관 할아버지가 지칭하는 '이 녀석'은 연우였다. 세희 엄마는 보안관 할아버지에게 쓴웃음을 지어 보이고는 내게 말했다.

"부모님께 연락드렸으면 좋겠는데."

나는 연우를 돌아보았다. 눈알을 좌우로 굴리는 모습이 궁지에 몰린 분위기였다. 나는 연우 옆으로 다가가 어깨에 손을 얹고 최대한 차분히 말했다.

"부모님은 안 계셔요."

세희 엄마가 눈을 빠르게 깜박였다. 보안관 할아버지가 혀를

차며 말했다.

"부모님이 안 계셔? 한 분도?"

보안관 할아버지는 딱하다는 얼굴로 나와 연우를 번갈아 보고는 아이고야, 하고 탄식을 했다. 세희 엄마가 내게 말했다.

"집안에 어른은?"

"할아버지요. 당장 연락은 안 될 수도 있고요."

세희 엄마는 세희의 어깨에 얹었던 손을 내리고 잠시 생각에 잠긴 듯했다. 얼마간의 시간이 흐른 뒤 내게 말을 건넸다.

"우리, 잠깐 얘기 좀 할까요?"

나는 네, 하고 대답했다. 세희 엄마와 세희는 근린공원 쪽으로 걸어갔다. 나는 연우 어깨를 잡아끌었다. 어깨가 딱딱했다. 버티는 몸짓이었다. 순식간에 기분이 틀어졌다. 나는 낮은 소리로 말했다.

"뭐 하는 거야?"

나는 연우의 어깨를 잡은 손에 힘을 주었다. 연우는 말없이 내가 이끄는 대로 따라왔다.

오가는 사람이 뜸한 곳으로 걸어간 세희 엄마는 벤치 앞에 섰다. 세희를 벤치에 앉히고는 내게 말했다.

"돌봄교실에서 세희가 연우에게 맞았다고 전화가 왔어요. 이번이 처음도 아니고요. 손톱으로 뺨을 할퀴었다고 해요. 상처가 깊지는 않아요. 그래도 얼굴이잖아요. 그렇죠?"

나는 연우를 쳐다보았다. 고개를 모로 돌린 연우의 옆얼굴에서는 야비한 기색마저 비쳤다. 나는 연우에게 물었다.

"네가 그랬어? 정말이야?"

연우는 대답하지 않았다. 연우를 내려다보던 세희 엄마는 벤치에 앉았다. 세희 엄마가 두 손으로 얼굴을 꾹꾹 누르며 내게 말했다.

"연우 가방을 좀 보고 싶어요. 주머니도요."

"네?"

세희 엄마는 지친 목소리로 말했다.

"연우가 세희 스마트폰을 가져갔다고 해서요. 미안하지만 확인해 보고 싶어서요. 아닐 수도 있지만 확인은 해 보고 싶어요."

경찰이 전해 준 말이 떠올랐다. 연우는 편의점에서 물건을 훔쳤다. 한두 번이 아니라고 했다.

나는 연우에게 말했다.

"가방 줘 봐."

연우는 요지부동이었다. 나는 다시 말했다.

"가방."

연우는 어금니를 물고 입술을 굳게 다물었다. 이제까지 보지 못했던 고집스러운 얼굴이었다.

"가방!"

마음먹었던 것보다 큰 소리가 튀어나왔다. 나는 두 손으로 우악스레 연우의 등에서 가방을 벗겨 냈다. 내 완력에 밀린 연우의 작은 몸이 아무렇게나 흔들렸다. 나는 가방 지퍼를 열고 안에 든 것들을 손에 잡히는 대로 꺼냈다.

공원 보도블록 위에 가장자리가 해진 교과서와 공책, 구겨진 가정통신문, 과자 봉지, 필통이 툭툭 떨어졌다. 나는 가방 앞 작은 주머니의 지퍼를 열었다. 찢어진 종이 쪼가리들 사이에 분홍색 휴대폰이 보였다. 연우의 핸드폰은 아니었다. 온몸에서 힘이 다 빠져나가는 듯했다.

나는 연우의 얼굴에 휴대폰을 들이밀었다.

"이거, 뭐야?"

연우가 인상을 쓰며 고개를 돌렸다. 뒤에서 세희의 목소리가 들렸다.

"엄마, 저거 내 거."

그동안 연우를 돌봤던 시간이 머리를 스쳐 지나갔다. 배신감이 들었고 울컥 화가 치밀어 올랐다.

"이거 뭐냐고!"

나는 나도 모르게 가방으로 연우의 어깨를 쳤다. 연우의 몸이 휘청거렸고 열린 가방에서 무언가가 튀어나와 보도블록 위에 떨어졌다. 떨어진 뭔가를 알아본 세희와 세희 엄마가 높고 날카로운 소리를 질렀다. 나는 비명이 터져 나오려는 걸 이를 악물고 간신히 참았다.

죽은 새였다.

검고 푸르스름한 깃털을 지닌 작은 새였다. 새는 가시 같은 발가락을 그러모은 채 굳어 있었다. 엄마 가슴에 얼굴을 묻은 세희가 울음을 터뜨렸다. 나는 연우의 어깨를 잡고 소리를 질렀다.

"야! 이거 뭐야? 이게 대체 다 뭐야!"

연우가 낯선 얼굴로 어딘지 알 수 없는 곳을 노려보았다. 천연덕스러워서 더 얄미운 얼굴이었다. 내 눈이 저절로 커졌다. 속에서 무언가 끊어지는 소리가 들린 듯했다. 격렬하고 원초적인 감정이 터졌다. 순간, 오른손이 어깨 위로 올라갔다.

"저기요!"

세희 엄마였다. 나는 퍼뜩 정신을 차리고 가까스로 폭주하려는 감정을 찍어 눌렀다. 문득 엄마 서정희 씨가 떠올랐다. 얼굴이 화끈거렸고 모든 게 부끄럽고 황망했다.

13

할아버지가 낮은 소리로 말했다.

"이런 일은 그날을 넘기면 안 되는 거다."

나는 할아버지에게 세희 엄마가 알려 준 핸드폰 번호를 전해 드렸다. 할아버지는 현관 밖으로 나가 세희 엄마에게 전화를 걸었다. 어른들의 통화가 10분 넘게 이어졌다. 문틈으로 할아버지의 목소리가 들려왔다. "죄송합니다. 제가 손주 놈을 제대로 가르치지 못했습니다. 정말 죄송합니다." 하는 말이었다. 죄송하다는 할아버지의 말은 그 뒤로도 여러 번 반복됐다.

나는 소파에 앉아 손바닥으로 얼굴을 문질렀다. 손가락 틈으로 식탁 앞에 앉은 연우가 보였다. 연우는 의자 등받이에 등을 기대고 고개를 삐딱하게 기울인 모습이었다. 눈가를 찌푸리며 하품을 하기도 했다. 나는 보다 못해 눈을 감아 버렸다.

공원에서의 일 뒤로 연우에게 한 마디도 건네지 않았다. 마음은 여러 감정으로 뒤죽박죽이었다. 연우에게 손을 치켜든 나 자신이 당황스러웠다. 창피했고 부끄러웠다. 배신감이 가슴에 사선으로 칼자국을 낸 것 같았다. 연우는 개의치 않았다. 이런 상황이 익숙한 것 같았다. 집에 들어오자마자 자기 방에 틀어박혔다. 미안하다느니 잘못했다느니 하는 말도 없었다. 할아버지가 내 얘기를 확인하기 위해 연우를 불러내지 않았다면 방에서 태평하게 코를 골았을 것 같았다.

뻔뻔한 녀석 같으니.

나는 식탁 의자에 앉은 연우에게 다가갔다. 식탁 무늬가 기괴하게 웃는 표정으로 보였다.

"왜 그랬어?"

"뭘요?"

순간, 애써 가라앉혔던 열기가 훅 하고 다시 올라왔다. 연우는 식탁에 눈을 둔 채 대꾸했다. 내가 다가갔는데도 비스듬히 기댄 자세를 고치려 들지도 않았다. 비죽이 올라간 입가는 빈정거리는 것 같았다. 나는 차분한 목소리로 다시 물었다.

"세희 왜 할퀴었어?"

"할퀸 거 아네요."

"뭐?"

"뺨을 때렸는데 손톱을 안 깎아서."

나는 왼쪽 입술을 지그시 물었다.

"그럼 왜 때렸어?"

"걔가 먼저 때렸는데요."

"걔가 먼저? 어딜."

"팔."

"왜 때렸는데?"

"몰라요."

"핸드폰은?"

"모르겠어요."

"몰라?"

"모른다니까요."

가슴속에서 무언가가 솟아오르는 듯했다. 목소리가 떨릴 것 같아서 두어 번 헛기침을 했다.

"세희 핸드폰이 네 가방 속에 있었어. 세희는 그걸 네가 훔쳤다고 하고. 그런데 어떻게 된 건지 몰라?"

연우는 대꾸하지 않았다. 대신 손톱을 세워 식탁을 득득득, 소리가 나도록 긁었다. 소리를 따라 가슴속의 무언가도 조금씩 날카로워지고 있었다.

"그것 좀 그만할래?"

"뭘요?"

"식탁 닦는 거."

소리가 멈췄다. 나는 손으로 이마를 문지르며 다시 물었다.

"새는…… 어떻게 된 거야?"

"새요?"

"죽은 새."

"불쌍해서 주웠어요."

"뭐?"

기가 막혔다.

"죽었잖아요. 떨어져서 죽었잖아요. 그게 안 불쌍해요? 그걸 왜 쓰레기통에 버리는데요? 왜요?"

나를 똑바로 쳐다보는 연우의 눈망울에는 뾰족한 감정이 서려 있었다. 지나치게 당당해서 기습을 당한 것 같았다. 가파르게 올라가던 거친 감정이 일순간 흔들렸고 자존심이 상했다. 연우가 다시 입을 열었다.

"방음벽 아래에서 주웠어요. 학교 화단에 묻으려고 했어요. 그런데 애들이 자꾸 보여 달라고 했어요. 그래서 가방에 넣은 거예요. 집에 가져와서 화단에 묻으려고 했다고요."

탁탁 내뱉는 말끄트머리에는 나를 비난하는 기색이 실려 있었다. 연우의 말이 이어지고 또 이어질 때마다 내 안 어딘가를 쿡쿡 찌르는 것 같았다.

공원 쓰레기통에 던져 넣고 온 죽은 새의 까만 눈알이 지금도 생생했다. 죽은 새의 눈은 구슬처럼 반질거렸지만 생기가 없었다. 살아 있는 것 같았지만 죽은 거였다.

나는 이를 악물고 말했다.

"그러지 마."

"뭘요?"

"죽은 새 주워 오지 마."

"왜요?"

눈 밑이 파르르 떨렸다.

"그냥 하지 마."

"그냥요? 왜요?"

나는 목울대가 움직이도록 침을 삼켰다. 심장 박동이 올라가고 있었다. 아랫입술을 꽉 물고 제멋대로 날뛰려는 기운을 억지로 눌렀다. 나는 간신히 가라앉힌 목소리로 물었다.

"연우야, 너 갑자기 왜 이래?"

"뭐가요?"

이제까지 나는 누군가에게 발악하듯이 화를 터뜨린 적이 결단코 없었다. 단 한 번도. 기분 나쁜 일이 있으면 고개를 돌리거나 쏘아보는 게 전부였다. 기분이 풀릴 때까지 종잇조각을 가위로 오렸고 그래도 감당이 안 되면 울거나 잠을 잤다.

지금 연우 앞에서는 아니었다. 속에서 배신감과 분노와 절망, 좌절과 실망과 두려움, 미움, 슬픔 따위 온갖 거무튀튀한 감정들이 순식간에 똘똘 뭉쳤다. 뭉친 덩어리의 내부 압력을 상승시킨 것은 연우의 손톱이었다. 연우는 식탁을 손톱으로 다시 긁기 시작했다.

득득득, 득득득, 득득득, 득득득

이마의 흉터가 뜨겁게 달아오르는 것 같았다. 연우는 눈을 치뜨고 나를 올려다보고 있었다. 식탁의 이죽거리며 웃는 무늬가 연우의 얼굴에 겹쳐 들었고 속에서 무언가가 터져 버렸다. 나는 악을 쓰고 말았다.

"그거 그만하라고 했지!"

나는 연우의 어깨를 거칠게 틀어쥐었다. 드라마나 영화에서나 보았던 행동이었다. 연우의 눈에 공포감이 서렸고 좀 전의 사나운 눈빛이 그대로 죽어 버렸다. 그 모습이 마음에 착 감겼다. 기묘한 희열이 스쳐 지나갔고 손이 머리 위로 올라갔다.

"왜 말을 안 들어!"

나는 연우의 얼굴과 어깨와 가슴을 마구 때렸다. 비껴 나간 손이 식탁 모서리를 쳤다. 딱 소리가 났지만 아프지도 않았다.

"으아악!"

연우가 짐승이나 낼 법한 소리로 울부짖으며 내게 달려들었다.

연우의 작고 딱딱한 어깨가 내 배를 푹 찔렀다. 나는 헉, 소리를 내며 뒷걸음질을 쳤다. 연우는 차돌 같았고 야수 같았다. 내 몸이 기우는 걸 알아차린 연우가 괴성을 지르며 나를 밀어붙였다. 나는 비명을 지르며 거실에 나동그라졌다.

"뭐 하는 게야!"

할아버지였다. 할아버지는 신발을 신은 채 현관에서 거실로 뛰어 올라왔다. 소파에 놓인 두툼한 인조 가죽 쿠션을 들어 연우를 후려쳤다. 쿠션이라도 무게는 상당했다. 연우는 옆으로 밀렸다가 이내 거실 바닥에 나동그라졌다. 이노무 자식! 어디서! 누나한테! 하는 소리가 픽! 픽! 하는 소리 사이사이 들렸다.

연우는 소파 앞에 누운 채 몸을 웅크렸다. 두 팔로 머리를 감싸고 무릎을 당겨 올려 복부를 막았다. 익숙한 자세였다. 순간, 소름이 돋았다. 내가 저지른 짓과 할아버지가 하는 짓들이 끔찍스러웠다.

"할아버지! 할아버지!"

"나와!"

할아버지는 막아서는 나를 밀쳤다. 나까지 거실 바닥에 쓰러졌다. 할아버지의 얼굴은 벌겠다. 치뜬 눈의 흰자가 무시무시했다. 이제껏 늘 보아 왔던 무덤덤한 얼굴이 아니었다. 연우도 저 얼굴을 보았을 터였다. 할아버지에게서만이 아니라 내게서도 보았을 터였다. 엄마 서정희 씨에게서도 보았을 터였다.

"그만요!"

나는 뛰듯 기어가 연우를 감싸 안았다. 땀에 젖은 연우의 머리칼이 내 뺨에 닿았다. 연우는 내 품 안에서 헐떡거리며 한기 오른 사람처럼 떨었다. 나는 할아버지를 올려다보며 말했다.

"그만하세요. 제가 먼저 그랬어요. 제 잘못이에요."

할아버지는 거친 숨을 몰아쉬며 쿠션을 쥔 팔을 늘어뜨렸다. 연우가 앓는 소리를 내는 것처럼 울기 시작했다. 나는 연우의 머리칼을 쓸어 주고 눈가와 뺨의 눈물을 닦아 내며 "연우야, 미안해. 미안해. 누나가 잘못했어." 하고 말했다. 그런 말들을 주워섬기는데 눈물이 쏟아졌다. 나 자신이 당혹스러웠다. 내가 연우를 마구 때렸다는 게 믿기지 않았다. 할아버지는 양손을 짚으며 소파에 털썩 주저앉았다.

잠시 뒤, 할아버지는 가라앉은 목소리로 말했다.

"나갈 준비 해라. 둘 다."

할아버지는 내 얼굴을 돌아보며 다시 말했다.

"세희 부모님 댁에 가기로 했다. 직접 사과드리고 용서를 받아야 해. 방문을 허락해 주셨다."

"잠깐만요."

나는 연우에게 다가가 연우를 얼러 일으켜 앉혔다. 연우의 얼굴은 눈물범벅이었다. 나는 수건을 가져와 연우의 얼굴을 닦고 내 얼굴도 닦았다.

나는 연우에게 물었다.

"새는 네 말이 맞는다는 걸 알겠어. 세희 뺨 상처도 알겠어. 핸드폰은? 세희 핸드폰 네가 집어서 가방에 넣었어?"

연우가 울먹이며 말했다.

"잠깐 빌린 건데 돌려주는 걸 까먹었어요."

나는 눈을 감았다. 그걸 말이라고 하니? 하는 소리가 입천장까지 올라왔다. 나는 마음을 추스르고 연우에게 말했다.

"너 잘못했어. 알아?"

연우는 고개를 끄덕였다.

"들어가서 옷 입고 나와. 단정한 옷으로."

연우는 자기 방으로 들어갔다. 나는 두 손으로 헝클어진 머리칼을 가다듬었다. 조금 전 내 안에서 터졌던 살벌하고 뜨거운 감정이 떠올랐다. 잔인하고 거칠었던 내 행동들이 머릿속에서 고스란히 재생됐다. 나를 믿을 수가 없었다. 어디에선가 엄마 서정희 씨가 웃고 있을 것만 같았다.

14

세희네가 사는 궁전아파트는 궁전과는 먼 모습이었다. 빌라 단지에 자리 잡은 조금 큰 빌라였다. 서둘러 나왔는데도 열 시가 넘었다. 나도 가야 하나 하는 생각도 들었으나 할아버지는 내게 최대한 격식 갖춘 옷을 입고 나오라고 했다. 나는 옷을 고르다가 결국 교복을 다시 입었다.

궁전아파트의 현관 동작 감지등이 팟, 하고 켜졌다. 할아버지가 말했다.

"연우는 사과 제대로 드려라. 물어보시는 말씀 있으면 대답 조심해서 하고."

연우가 고개를 수그린 채 대답했다.

"네."

할아버지는 현관의 인터폰을 누르며 내게 말했다.

"유리도 잘하고."

인터폰에서 통화 연결음이 울렸다. 나는 옷매무시를 가다듬었다. 체크무늬 남방에 깨끗한 청바지를 입은 연우의 옷차림은 그럭저럭 괜찮았다. 구겨진 데가 없는데도 나는 일부러 연우의 남방을 쓸어 주었다. 손끝에 연우의 작은 몸이 닿았고 마음이 조금 더 풀어지는 것 같았다. 연우의 마음도 나와 같았으면 했다.

"안녕하세요. 잠시만요."

인터폰에서 남자 목소리가 울렸다. 내 또래 목소리로 들려서 신경이 곤두섰다. 이 근처 고등학교는 우리 학교뿐이었다. 2층 계단참에 난 창문이 밝아졌고 탁탁탁탁 계단 내려오는 소리가 들렸다. 꺼졌던 현관 동작 감지등이 팟, 하고 켜졌다.

세윤이었다.

세희의 오빠가 세윤일 줄은 상상도 못 했다. 세윤은 위아래 회색 운동복 차림이었다. 세윤도 나를 알아보고는 움찔거렸다. 세윤은 서둘러 문을 열고 할아버지에게 인사를 했다. 할아버지는 미안합니다, 하고 말하며 현관으로 들어섰다. 연우가 할아버지를 따라 들어갔다. 나는 고개를 모로 돌리며 한숨을 내쉬었다.

세윤이 말했다.

"안 들어와?"

"아냐. 들어가."

나는 세윤의 뒤를 따라 2층으로 올라갔다. 문 앞에 세윤 엄마가 나와 있었다. 할아버지와 세윤 엄마는 서로 비슷한 각도로 허리를 숙이며 인사를 했다.

집 안으로 들어가면서 연우가 허리를 깊이 숙였다.

"죄송합니다. 잘못했습니다. 정말 죄송합니다."

시킨 대로 한 행동이기는 했다. 나는 세윤 엄마의 얼굴을 살폈다. 세윤 엄마는 자신을 향해 꾸벅 인사하는 연우를 보고는 잠깐 멈칫거렸다. 다행히 긴장이 흐른 시간은 짧았다. 세윤 엄마는 굳었던 얼굴을 풀고 연우에게도 미소를 지으며 들어오라고 손짓을 했다. 세윤 엄마는 내 교복을 보고는 뒤에 서 있는 세윤을 돌아보았다.

세윤이 말했다.

"같은 반이에요. 이름은 서유리."

"정말? 연우 누나가?"

세윤 엄마는 내게 어색한 미소를 지어 보이고는 우리를 환한 거실로 안내했다. 세윤 아빠는 아직 안 들어왔다고 했다. 거실 소파 앞 탁자에는 찻잔과 주전자, 오렌지와 키위가 올라와 있었다.

나는 조심스레 세윤의 집 거실로 들어섰다. 얼굴이 화끈거렸고 눈길이 자꾸만 아래로 떨어졌다. 거실 한쪽에는 피아노가, 다른 쪽에는 책장이 놓여 있었다. 집 안 공기는 따뜻했다. 방향제를 뿌렸는지 향긋한 냄새가 났다. 세윤 엄마가 쑥스럽다는 듯 말했다.

"냄새가 좀 나죠? 세희가 뿌린 거예요. 손님 온다고."

세윤 엄마는 내게도 말을 걸었다.

"아까 학교 앞에서 내가 혹시 실수한 거 있지 않아요? 내가 너무 화를 내서 언짢았을 거 같은데. 괜찮아요?"

나는 머리를 조아리며 말했다.

"아뇨. 실수하신 거 하나도 없으세요. 제가 너무 죄송했고요."

대체 이 아주머니에게 부족한 건 무얼까. 이제까지 세윤 엄마는 실수 따위 머리칼 한 올만큼도 하지 않았다. 모든 행동이 적절했고 사려 깊었고 노련했다. 은혜를 입는 기분이었는데 딱히 유쾌하지는 않았다.

세윤, 세희, 나, 세윤 엄마, 할아버지, 연우는 거실 탁자를 가운데 두고 둥글게 둘러앉았다. 사과 과정은 순조로웠다. 할아버지가 일어서서 허리를 숙이며 정말 죄송하다고 말했고 세윤 엄마도 황급히 일어서서 인사를 받았다. 연우도 고개를 푹 숙이고 죄송하다고 다시 말했다. 세윤 엄마도 세희도 괜찮다고 했다. 앞으로는 그러지 말라며 연우를 토닥거렸다. 처음 보는 가족 간의 사과 자리였다. 사과와 용서 절차가 끝나고 나니 딱히 주고받을 말이 없었다. 정적을 깬 건 세윤이었다. 세윤은 포크로 키위를 찍고 내 쪽으로 접시를 밀면서 말했다.

"유리는 저랑 동아리도 같이 해요. 주봉이랑 미희랑요. 넷이."

세윤 엄마는 "그러니? 그래? 미희도 같이?" 하고 말하며 웃었다. 세윤 엄마는 내게 넌지시 물었다.

"우리 세윤이는 학교생활 잘해? 얘 좀 어떠니?"

문득 오늘 학교에서의 일이 생각났다. 세윤은 주먹으로 책상을 내리쳤다. 궁지에 몰린 고향숙 선생님을 거들었다. 그 모습은 썩 괜찮았지만 여기에서 그 말을 꺼내는 건 적절하지 않았다. 할아버지를 앞에 두고 '틀니 딱딱' 같은 말을 설명할 수는 없었으니까.

나는 말했다.

"세윤이 잘해요. 공부도 열심이고요. 쉬는 시간에 공부만 할 때도 있어요."

세윤 엄마는 "오, 세윤이 대단한걸?" 하며 눈웃음을 쳤다. 세희도 분위기가 풀렸다고 느꼈는지 엄마 쪽으로 몸을 기울이면서 "나도 쉬는 시간에 공부 같은 거 해." 하고 응석을 부렸다. 세윤 엄마는 세희의 어깨를 끌어당기면서 "오죽하시겠습니까, 우리 구구단 공주님." 하고 말했다.

소소한 이야기들이 오고 갔다. 세희는 2학년이었다. 할아버지는 자신이 택시 운전을 하고 있다고 했고 사정이 있어서 유리와 연우를 키우고 있노라 말했다. 세윤 엄마는 너무 고생이 많으시다며 할아버지를 추켜세웠다. 나는 어서 자리를 뜨고 싶었다. 교복을 입고 바닥에 앉아 있으려니 여간 불편한 게 아니었다. 허리가 조였고 다리가 제 위치에 있는 건지 신경 쓰였고 무릎관절이 꼬이는 것 같았다.

나는 눈을 들어 맞은편 책꽂이를 쳐다보았다. 책꽂이에는 책들이 빼곡했는데 입양과 관련된 책들이 보였다. 어쩔 수 없이 책 제목들에 눈길이 갔다. 입양 관련 책들은 책장 한 칸을 채우고 있었고 그 아래에는 유리 재질의 감사패가 놓여 있었다. 무슨 자격증 같은 것도 있었는데 내가 앉은 자리에서는 잘 보이지 않았다. 그리고 책장 옆에 커다란 가족사진이 붙어 있었다.

아빠, 엄마, 세윤, 세희가 스튜디오에서 찍은 가족사진이었다. 정장을 입은 세윤 아빠와 엄마가 의자에 앉고 단정한 옷을 입은 세윤과 세희가 뒤에 서 있는 사진이었다. 네 가족이 모두 비슷한 미소를 올리고 우리를 내려다보고 있었다. 나는 눈을 깜박였다. 뭔가 이상했다.

세윤의 모습이 가족사진에서 도드라지는 느낌이었다. 세희의 얼굴에는 아빠와 엄마의 생김새가 배어 있었지만 세윤은 아니었다. 세윤은 아빠, 엄마, 동생과 얼굴색부터가 달랐다. 세윤의 얼굴만 유달리 하얘서 이질감마저 들었다. 문득, 책꽂이에 꽂혀 있던 책들이 떠올랐다.

'입양?'

나는 세윤과 세희와 세윤 엄마의 생김새를 자세히 보고 다시
가족사진을 쳐다보았다. 그러다 세윤과 눈이 마주쳐 버리고 말
았다. 나는 얼른 눈길을 돌렸지만 세윤의 얼굴을 스치고 지나간
당혹감과 수치심을 읽고 말았다. 나는 그 감정을 아주 잘 알았
다. 아마도, 어쩌면, 거의 분명히, 나는 세윤이 입양으로 가족이
된 아이일 거라고 짐작했다. 세윤의 비밀을 알아 버린 것 같았다.

15

새소리가 들렸다. 문득 핸드폰 알람 소리가 아니라 새소리에 잠이 깼다는 데 생각이 미쳤다. 나는 손을 더듬어 핸드폰을 찾았다. 화면을 켜자 시간이 떴다.

6시 30분.

눈이 번쩍 뜨였다. 평소보다 30분이 늦었다. 알람 소리에도 제때 일어나지 못했던 거였다. 서둘러야 했다. 방문을 열고 나와 주방으로 갔다. 싱크대에 김칫국물 묻은 밥그릇과 국그릇과 숟가락이 보였다. 잠이 확 깼다. 아니나 다를까. 밥통이 텅 비어 있었다. 나는 가스레인지에 올려 두었던 국 냄비도 열어 보았다. 아침에 연우와 먹고 가려고 남겨 두었던 아욱국이 하나도 없었다. 어젯밤에 할아버지가 밤참을 드신 게 분명했다.

아무리 그래도 그렇지 어쩜 이렇게 싹싹.

예전이라면 그냥 굶지 뭐 하고 가뿐하게 학교로 갔겠지만 이

제는 아니었다. 연우를 굶겨서 학교에 보내고 싶지 않았다. 빵이
나 떡, 시리얼 같은 것으로 아침을 대신하는 방법도 있었으나 이
상하게 그러고 싶지는 않았다. 누군가가 연우에게 "너 아침 먹었
어? 뭐 먹었어?" 하고 물었을 때 연우가 "밥 먹고 왔지. 그럼 뭘
먹어?" 하고 대꾸하게 해 주고 싶었다.

머리를 쥐어짰다. 지금 밥을 올릴 수는 없었다. 혹시나 해서 냉
동실을 열었다. 다행히 비닐봉지에 담아 얼려 둔 밥이 있었다. 둘
이 먹기엔 모자랄 양이었지만 달걀부침과 함께 먹으면 그럭저럭
아침은 때울 수 있을 것 같았다. 국이 없으니 김치와 비상용으로
쟁여 둔 조미 김을 꺼내기로 했다.

프라이팬을 가스레인지에 올리고 기름을 둘렀다. 도도도도 달
려가 연우의 방문을 두드리며 "연우야! 일어나!" 하고 소리 질렀
다. 냉동한 밥을 그릇에 담아 전자레인지에 돌리고 달궈 둔 프라
이팬에 달걀을 두 개 깼다. 조미 김을 뜯어 식탁에 올리고 김치
를 반찬통째 올려 두었다. 방에서 반쯤 감긴 눈을 비비며 나오는
연우를 식탁 앞에 앉히고 사방으로 뻗친 머리칼을 물 묻힌 손으
로 대충 눌러 주었다. 나는 연우를 재촉했다.

"얼른 먹어! 얼른!"

모든 채비를 마친 연우와 나는 버스 정류장을 향해 뛰었다. 달
려가면서 핸드폰으로 버스 도착 예정 시각을 확인했다. 우리는

간신히 지각을 면할 시각에 버스에 올랐다. 연우와 나는 버스 맨 뒤 좌석에 나란히 앉아 숨을 돌렸다.

"교과서는?"

"챙겼어요."

"필통은?"

연우는 잠깐 생각하다가 챙긴 것 같다고 대답했다. 나는 연우에게서 가방을 받아 지퍼를 열고 필통을 꺼냈다. 필통에는 지우개만 하나 들어 있었다. 나는 연우를 한번 흘겨보곤 내 필통에서 연필 두 자루를 꺼내어 연우의 필통에 채워 주었다. 물병도 없기에 내 물병을 넣어 주었다. 연우가 웅얼거렸다.

"학교에 음수대 있는데요."

"우리 학교에도 음수대 있어."

과속방지턱을 밟은 버스가 출렁거렸다. 나는 알림장까지 점검한 뒤 연우에게 가방을 건네주었다.

세희 사건이 벌어진 뒤로 이틀이 지났다. 연우가 공부만 못하는 줄 알았던 건 내 착각이었다. 연우는 자기 교과서 하나 제대로 챙기지 못하는 아이였다. 학교에서 나눠 준 가정통신문은 모조리 책가방 구석에 구겨져 있었다. 제출 기한이 지난 각종 신청서가 여러 장이었다. 그중에는 기초학습 보충반 참여 신청서도 있었다.

4월 초에 보았던 연우의 담임 선생님은 갑작스레 육아휴직을 했다. 연우네 반은 급히 구한 시간 강사가 맡았는데 연우에 대해서 특별히 신경 쓰지는 않았던 모양이었다. 새 담임 선생님에게 자세히 알아본 연우의 학교생활은 엉망진창이었다.

연우는 욕을 잘했고 친구 사이에 다툼이 잦았다. 별것 아닌 일로 화를 냈고 거짓말도 잘했다. 숙제는 해 오는 법이 없었고 구구단을 외우지 못해 수학 단원 평가에서 30점을 받는 기염을 토했다. 방과 후 돌봄교실에서도 문제를 일으키는 성격은 어디 가지 않았다. 방과 후 수업으로 신청한 외발자전거 반에서는 5학년 아이가 연우 때문에 수강 과목을 바꾸는 일도 있었다.

나는 차창 밖 고속도로에 눈을 주었다. 연우와 함께 살기 시작한 뒤로 공부 시간이 확실히 줄었다. 아이 하나 돌보는 데 이렇게 많은 시간이 필요한지 몰랐다. 도무지 내 일에 오롯이 집중할 수가 없었다. 별별 생각이 다 올라왔다. 나는 별 탈 없이 혼자 잘 자란 것 같은데. 나 하나 살기도 바쁜데. 어서 2년을 채워 이곳을 떠야 하는데.

버스는 시내로 들어가 학교 쪽으로 향했다. 신호등에 걸린 버스가 속도를 줄이다가 완전히 멈춰 섰다. 우리 학교 앞이었다. 정문으로 들어가는 애들 중에는 혼자 걷는 미희도 있었다. 나는 고개를 빼고 주봉을 찾았다. 주봉은 덩치 큰 남자애들과 함께 편의점에서 나오는 중이었다. 나는 채팅방에 메시지를 보냈다.

—나 너희 둘 다 봄.

둘 다 걸음을 멈추고 핸드폰을 확인했다. 미희는 교문에서, 주봉은 편의점 앞에서 각각 주위를 두리번거렸다. 나를 발견한 미희는 손을 팔랑거렸고 주봉은 고개를 절레절레 흔들며 핸드폰을 톡톡 두드렸다. 내 핸드폰에 주봉의 메시지가 떴다.

—너님 지각하실 듯.

버스가 다시 움직였다. 나는 시간을 확인했다. 여덟 시가 되려면 아직 15분쯤 남았다. 나는 좌석에서 일어서서 문 쪽으로 걸어갔다. 7시 50분에는 초등학교에 도착할 수 있을 것 같았다. 아슬아슬했다. 연우를 데려다준 뒤부터는 달려야 했다.

연우가 내리면서 말했다.

"저 혼자 들어가도 되는데요."

연우의 화려한 전적 중에는 아침 돌봄교실에 들어가지 않고 거리를 배회한 일도 있었다. 나는 억지웃음을 올리며 말했다.

"괜찮아."

나는 연우를 학교로 들여보내고는 바닥에 쪼그려 앉아 신발끈을 묶었다. 발등이 조여들었고 긴장이 올라왔다. 뒤에서 "서유리?" 하는 소리가 들렸다. "안녕하세요, 언니." 하는 소리도 들렸다. 나는 뒤를 올려다보았다. 세윤과 세희였다.

내가 물었다.

"어? 너 왜?"

세윤이 세희 어깨를 두드리며 말했다.

"얘 때문에. 엄마가 오늘부터 일 나가셔서."

세윤은 "가라." 하고 말하며 세희를 들여보냈다. 세희는 "오빠 안녕!" 하고 인사하고는 내게도 싱긋 웃어 주었다. 두 번 본 사람에게 거리낌 없이 웃어 주는 구김 없는 세희가 감탄스러웠다.

세윤은 운동화 코를 바닥에 톡톡 찧으며 말했다.

"뛰어야겠지?"

남은 시간은 5분. 여덟 시까지 교실에 들어가지 못하면 지각으로 벌점 1점을 받게 될 터였다.

세윤과 나는 등에 멘 가방을 털벅거리며 달리기 시작했다. 우리 학교와 연우의 학교는 붙어 있다시피 했지만 교문은 정 반대쪽이었다. 달리는 건 우리만이 아니었다. 에라 벌점 따위 알 게 뭐냐 하는 식으로 천천히 걷는 애들도 있었으나 세윤과 나처럼 뛰는 애들이 여럿이었다. 얼마 뛰지도 않았는데 숨이 턱에 닿았다. 세윤은 앞서 뛰려다 말고 속도를 내게 맞췄다. 나는 헐떡이면서 말했다.

"너라도, 먼저, 들어가."

세윤이 뛰면서 말했다.

"됐어. 뛰어."

세윤과 나는 교문을 통과했다. 운동장을 가로질러 현관으로 들어갔다. 우리 반 교실은 5층이었다. 2층까지 올라왔는데 숨이 차서 쓰러질 것 같았다. 세윤은 계단 난간을 잡고 오만상을 쓰는 나를 내려다보며 자신도 숨을 골랐다.

혼자 가면 제시간에 들어갈 텐데. 의리를 챙기는 아이라는 생각에 슬며시 믿음이 갔다. 나는 숨을 몰아쉬며 말했다.

"알았다고."

세윤과 나는 마지막 계단을 올라 복도를 달렸다. 복도에는 애들이 없었다. 헉헉거리며 교실 뒷문으로 들어서자 아이들이 일제히 나와 세윤 쪽으로 고개를 돌렸다. 조회를 하던 고향숙 선생님이 우리를 향해 웃으며 말했다.

"둘 다 벌점 1점."

8시 3분이었다. 우리 뒤로 누군가 쿵쾅거리며 들어왔다. 허겁지겁 달려온 듯 숨을 몰아쉬는 병규와 진성에게서 훅 땀 냄새가 풍겼다. 고향숙 선생님은 병규와 진성에게도 "둘 다 벌점 1점." 하고 말했다. 병규와 진성은 인상을 구겼다. 병규가 세윤을 지나치며 중얼거렸다.

"아침부터 재수 없게."

세윤은 못 들은 척 고개를 돌렸다.

16

R&B 음악이 흐르는 카페는 한산했다. 매장은 교실 반만 했다. 테이블이 열 개 남짓, 통유리창 앞에는 노트북을 올릴 수 있는 좁고 긴 테이블을 붙여 놓았다. 카페 왼쪽 끝에는 반투명 유리로 칸막이를 두른 부스가 있었다. 나와 세윤, 주봉, 미희는 우산을 접고 카페 안으로 들어섰다. 통유리창으로 빗줄기가 선을 그으며 내려왔다.

"미희 왔구나?"

파란 모자에 파란 앞치마를 두른 종업원이 미희에게 먼저 인사를 건넸다. 미희는 고개를 숙이며 "안녕하세요." 하고 인사했다. 세윤과 나, 주봉도 미희를 따라 인사했다. 종업원 언니는 "사장님한테 연락받았어. 비워 놨다." 하고 말하며 부스 안의 6인용 테이블을 가리켰다. 테이블 위에는 '예약' 팻말이 올라와 있었다. 우리는 베이지색 원목 테이블에 자리를 잡고 앉아 가방을 내려놓았다. 주봉이 주위를 둘러보며 감탄사를 내뱉었다.

"야, 여기 괜찮다. 딱 내 스타일이야. 공부 정말 잘되겠는데?"

미희가 메뉴판을 가지고 왔다. 음료 옆에 붙은 가격에 시선이 갔지만 아무렇지 않은 척했다. 나는 아이스 아메리카노를 주문했고 주봉은 메뉴 중에서 가장 이름이 특이한 걸 골랐다. 미희는 캐모마일 차를, 세윤은 카페모카를 주문했다. 우리는 각자 시험 공부할 것들을 꺼냈다.

카페 가서 공부하자고 제안한 건 미희였다. 중간고사가 사흘 뒤로 다가왔다. 점심시간에 주봉이 공부가 안된다며 앓는 소리를 했다. 스터디카페라도 가라는 세윤의 말에 주봉은 "야, 거긴 숨이 턱턱 막혀. 말이 카페지, 독서실이랑 똑같다고." 하며 구시렁거렸다. 미희는 잠깐 주저하다가 카페 가서 같이 공부하면 어떻겠느냐는 말을 꺼냈다.

집에서 컴퓨터 앞에 있다 보면 자꾸 마우스에 손이 갔다. 할아버지가 집에 있어서 연우 걱정은 안 해도 됐다. 나는 좋다고 했다. 세윤도 고개를 끄덕였다. 주봉은 이 얘기 저 얘기로 말을 돌리다가 "카페에서 공부하면 능률이 오른다던데?" 하며 슬쩍 합류를 선택했다.

세윤이 우리 셋의 모임에 합류한 지 20일 정도 지났다. 자율 동아리 주제는 영화 감상으로 정했지만 영화를 보러 가지는 않왔다. 우리는 채팅방에서 선생님들이 강조하는 수업 내용을 비교하며 시험 준비 분위기를 탔다. 세윤은 점심 모임에도 들어왔다. 미희가 세윤을 챙겼고 그럴 때마다 주봉은 아무렇지 않은 척하면서도 은근히 신경을 썼다.

공부는 잘됐다. 부스 안은 안락했고 카페는 적당히 소란했다. 빗소리와 음악 소리, 카페에서 조용히 이야기 나누는 사람들의 목소리가 들렸다. 맞은편에서 사각거리는 세윤의 연필 소리와 팔락거리며 넘어가는 미희의 문제집 소리도 집중력과 긴장을 높이는 데 도움이 됐다.

나는 미희가 푸는 문제집을 곁눈질하고는 침을 삼켰다. 수준이 말도 안 되게 높았다. 만점을 노리는 애들이 풀 법한 문제들이었다. 문제집 옆에 빼곡히 적어 놓은 메모도 한마디로 장난이 아니었다. 미희와 나의 성적 차이는 굳이 점수를 비교하지 않아도 알 수 있었다. 안타까웠고 샘이 났지만 미희를 두고 배 아파할 수는 없었다.

이따금 부스 옆에 사람들이 오가긴 했지만 신경도 쓰이지 않았다. 세윤도 미희도 공부가 몸에 익은 아이들이었다. 열심히 하는 걸로 따지면 나도 만만치 않았는데 주봉만은 예외였다.

주봉은 턱을 괴고 이 문제집 저 문제집 뒤적거리다가 미희에게서 한숨 섞인 잔소리를 들었다. 커피를 마셔야겠다며 카운터로 갔는데 한참이 지나도 돌아오지 않았다. 잠깐 있다가 화장실을 들락거리더니 기출 문제가 정리된 프린트물을 펼쳐 놓고 볼펜으로 무언가를 끼적였다. 그러다 갑자기 망보는 미어캣처럼 허리를 곧추세우고는 "야, 우리 중간고사 끝나고 놀이공원 가자! 영화도 보고! 우리 동아리가 영화 감상이잖아!" 하고 말했다. 아무도 반응하지 않았다. 시무룩해진 주봉은 핸드폰을 한참 보다가 다시 프린트물을 뒤적였다. 그러다 급기야는 고요해지고 말았다.

나와 세윤, 미희는 쭉 뻗은 팔을 베고 고른 숨소리를 내는 주봉을 쳐다보고는 숨죽여 웃었다. 주봉이 풀던 학원 프린트물을 건너다본 나는 그만 쿡, 웃음을 흘리고 말았다. 문제의 해답 칸은 모조리 텅 비어 있었고 프린트물 여백에 주봉이 쓴 글이 있었다.

시였다. 시라고 볼 수 있나 싶었지만 어쨌든 모양새는 시였다. 남는 공간에 삐뚤빼뚤한 작은 글씨로 쓴 시를 읽다가 나는 터지려는 웃음을 간신히 눌렀다.

나는 손으로 테이블을 톡톡 두드렸다. 세윤과 미희가 나를 쳐다보았다. 나는 낮은 목소리로 주봉의 시를 읽어 주었다.

끝없이 이어지는 시험공부
아무리 열심히 해도 점수는 좋아지지 않아.

작년 기말 점수를 또 보고 싶지는 않아.

안 할 수는 없어.

멈출 수 없어 걷는 이 길이 달가울 리 없지만

쓴 길이라도 묵묵히 나는 간다.

좌절해 본 자만이 다시 일어설 수 있어.

나는 다시. 그리고 또다시. 나는 이렇게 또다시.

누가 먼저랄 것도 없이 웃음을 터뜨렸다. 미희는 테이블 위에 포갠 양팔에 얼굴을 묻고 어깨를 들썩이기까지 했다.

나는 눈물을 닦으며 말했다.

"아니, 얘는 시험공부를 대체 얼마나 했다고."

미희도 말했다.

"누가 보면 사흘 밤샌 줄 알겠어."

세윤이 일어서서 주봉이 흘린 종이를 주워 테이블 위에 올려놓았다. 바닥에는 언제 흘렸는지 모를 프린트가 몇 장 더 떨어져 있었다. 세윤은 바닥에 떨어진 흰 종이를 주워 올리다가 눈썹 사이를 좁혔다. 종이에 적힌 무언가를 읽는 것 같았다.

"뭔데? 뭐가 또 있어?"

"이 시는 그럴듯한데?"

세윤이 종이를 테이블에 올려놓았다. 하얀 A4 용지 정중앙에는 큼직한 글자로 적은 시가 한 편 더 있었다. 나와 미희는 엉거주춤 일어서서 고개를 빼고 주봉의 두 번째 시를 읽었다. 이번 시에는 제목도 있었다.

내 손에 도끼를 줘

나는 시대를 잘못 타고났다.
도끼를 뽑아 들고 적군을 쳐부수고 싶다.
수천의 군사 맨 앞에 서서
비탈진 산길에 먼지를 일으키며 달려 내려가서
백성을 위협하는 악의 무리를 쳐부수고
마을로 돌아와 항아리에 담긴 술을 원샷하고 싶다.
나뭇가지 같은 볼펜을 쥔 내 손에
검을 줘. 창을 줘. 도끼를 줘.
나는 시대를 잘못 타고났어.

나는 눈을 깜박이며 주봉의 시를 처음부터 찬찬히 다시 읽어 내려갔다. 투박한 느낌이 들었는데 나쁘지 않았다. 마음에 턱 와 닿는 부분도 있었다.
미희가 눈 사이를 찌푸리며 말했다.

"게임을 너무 많이 한 거 아냐?"

세윤이 고개를 저으며 말했다.

"아냐. 난 이 시에 100퍼센트 동의해. 사실 학교라는 데가 주봉이 같은 애들한테는 안 맞지. 학교에서 좋아하고 칭찬하는 부류는 따로 있으니까."

세윤의 말이 맞았다. 학교를 통해서 성공하는 애들은 따로 있었다. 차분히 앉아 있는 걸 잘할 수 있고 오랜 시간 집중할 수 있고 두뇌 회전이 빠른 애들이 학교 안의 경쟁에서 유리한 고지를 차지했다. 불공평한 건 경제적인 요소만이 아니었다. 특정한 기질을 타고난 아이들을 우대하는 곳이 학교였고 학교에서 우리들이 치르는 경쟁은 따지고 보면 공정한 것도 뭣도 아니었다.

나는 고개를 돌려 주봉을 쳐다보았다. 주봉의 작년 담임 선생님은 주봉을 높이 쳐주었다. 언젠가는 대성할 놈이라고 했다. 내 손에 도끼를 쥐어 달라는 주봉의 시와 그 선생님 말이 같은 맥락으로 이어지는 것 같았다.

미희가 조심스레 일어서서 주봉 쪽으로 몸을 기울였다. 미희는 하얗고 가는 손가락으로 엉망으로 헝클어진 주봉의 머리칼을 매만져 정리해 주었다.

"공부는 못해도 잠은 잘 자네?"

귀엽다는 투였다. 나와 세윤이 눈을 동그랗게 뜨고 쳐다보자 미희는 소곤거리는 목소리로 말했다.

"자는 중이니까 괜찮아. 둘만 있을 때 이러면 좀 그렇잖아."

미희는 수줍게 웃었다. 반쯤 벌린 입을 다물지 못하던 내가 더 듬거렸다.

"너, 미희, 너!"

미희는 세운 검지로 입술을 두드리며 말했다.

"주봉이한테는 말하지 마."

세윤이 와, 하는 소리를 냈다. 나도 의자 등받이에 몸을 기대고 "이럴 때 쓰는 속담 같은 거 있지 않니?" 하고 말했다. 내 목소리가 컸던 탓인지 주봉이 눈을 떴다. 입맛을 다시며 검지 끝으로 목덜미를 긁었다. 주봉은 게슴츠레한 눈으로 주위를 두리번거리다가 중얼거렸다.

"어휴, 더워. 여기 너무 덥지 않냐?"

세윤과 나와 미희는 웃으며 "잘 잤어?" "어쩜 좋아. 하루가 지나 버렸지 뭐야?" "너 코까지 골더라." 하는 말을 건넸다. 주봉은 히죽 웃으며 말했다. 커피 한 잔 더 먹고 이번에는 진짜로 시작할 거라고.

그때였다.

"야, 너 입양이 뭔지 아냐?"

내 얼굴에서 웃음기가 사라졌다. 반투명 칸막이 너머에서 들린 말이었다. 남자애 목소리였다. 나는 나도 모르게 세윤을 쳐다보았다. 세윤도 나를 쳐다보고 있었다. 표정이 굳어 버린 건 나만이 아니었다.

뒤에서 다른 남자애 목소리가 들렸다.

"뭐? 입양? 입양이 뭔데? 대체 뭔데?"

또 다른 남자애 목소리가 울렸다.

"한심한 새끼. 입양이 뭔지를 몰라? 부모 없는 애들을 다른 사람이 키워 주는 거야. 우리 반에도 한 명 있어. 몰랐냐?"

클클거리는 웃음소리가 뒤를 이었다. 연극하는 듯한 과장된 말투였다. 익숙한 목소리였다. 누구인지 보지 않아도 알 수 있었다. 나는 눈길을 떨구고 연거푸 눈을 깜박였다. 숨소리마저 좋아드는 것 같았다.

세윤의 등 뒤 부스 너머에 앉은 건 병규와 진성이었다.

17

주봉이 유리컵에 담긴 얼음을 우드득 소리가 나도록 씹으며 눈을 좌우로 굴렸다.

"뭐야? 분위기 갑자기 왜 이래? 내가 뭐 잘못했냐?"

세윤이 억지로 웃어 보였다.

"아냐. 너 잘못 없어. 아무것도 아냐."

주봉이 눈썹 사이를 좁히며 의심스럽다는 표정을 지었다. 나는 침을 삼켰다. 원두를 분쇄하는 믹서기 소리가 울리다가 꺼졌다. 반투명 유리 너머로 서로를 마주 보고 앉은 병규와 진성의 상반신이 보였다.

진성의 목소리가 들렸다.

"그게 실제로 있어? 그것도 우리 반에?"

병규가 말했다.

"그럼, 있지."

"누구? 누군데? 정말 궁금한걸."

나는 다문 입에 힘을 주었다. 입양된 아이라면 일단 나였다. 세윤은 확실하지 않았다. 나는 세윤의 표정을 살폈다. 세윤의 눈은 테이블 모서리에 고정되어 있었다. 나는 숨을 죽인 채 볼펜을 잡았다. 볼펜을 잡은 검지 손톱이 하얗게 변했다. 병규가 누구의 이름을 말할지 무서웠다.

병규의 목소리가 들렸다.

"있어. 책상 쾅쾅 치면서 잘난 척하는 놈."

짐작이 사실이 되는 순간이었다. 복잡한 감정이 쿡 쑤시듯 올라왔다. 민망하고 애잔했다. 긴장이 풀려서 미안했다. 나는 걱정스러운 시선으로 세윤을 쳐다보았다. 미희와 주봉도 세윤을 쳐다보고 있었다. 세윤의 뺨에 턱 근육이 불룩 솟아올랐다가 가라앉았다.

진성이 말했다.

"아, 그 새끼? 걔가 입양이야? 담임한테 잘 보이려고 엄청 애쓰는 재수탱이?"

병규가 조롱하는 투로 말했다.

"야야, 심지어 걔가 베이비박스에서 데려온 애라더라, 베이비박스. 너 베이비박스가 뭔지도 모르지?"

세윤의 얼굴이 붉게 달아올랐다. 베이비박스에 대해서는 나도 알고 있었다. 베이비박스는 아기를 돌볼 수 없는 부모가 아기를 두고 가는 함이었다. 교회 건물의 벽에 달려 있는데 손으로 당겨 문을 열면 아기를 놓고 가는 상자 같은 공간이 나왔다. 베이비박스에 들어온 아기들은 베이비박스를 운영하는 사람들이 잠시 돌보다가 입양 기관과 연결해 주거나 보육원에 보냈다.

진성이 장난기 섞은 목소리로 물었다.

"베이비박스? 그건 또 뭘까나? 아기 선물 상자 같은 건가?"

병규가 목소리를 슬며시 낮추고 은밀한 목소리로 말했다.

"애를 낳았는데 막상 키울 자신은 없어. 그러면 박스에 애를 넣고 가는 거지."

"와, 진짜? 그래도 돼? 애 낳은 다음에 상자에 넣고 탁?"

"우리나라가 복지국가라니까? 엄청 선진국이야."

세윤의 얼굴을 보니 베이비박스 이야기도 정말인 것 같았다. 세윤은 씁쓸히 웃으며 고개를 돌렸다. 당혹스러워 보였지만 이런 일이 처음은 아닌 듯했다. 문득 "뒷담화로 말 도는 거 견디기 힘들어. 그런 적 없어?" 하고 말하던 세윤의 모습이 떠올랐다.

진성이 말했다.

"그 자식 엄마 아빠한테 잘해야겠다. 인생 하나 구원하셨네! 효도해야겠어!"

병규가 클클거리며 말을 받았다.

"효도는 개뿔. 그 새끼 완전 불효자식이라던데? 저번에 성당에서 자기 키워 준 엄마랑 대판 싸웠대요. 성당에 모르는 사람이 없어. 아주 성질머리가 더러운 새끼인가 봐. 싸우다가 접시도 던졌단다."

"이런 불효자식 새끼. 그런 새끼는 누가 손을 한번 제대로 봐줘야 하는 건데. 우리가 정의의 사도 이런 거 해 볼까?"

대화가 다음으로 넘어갈 때마다 세윤의 고개가 조금씩 수그러드는 것 같았다. 속수무책으로 당하는 느낌이었다. 병규와 진성이 창끝을 세우고 노리는 사람은 세윤이었지만 나라고 해서 정신이 온전할 수는 없었다. 미희는 창백해진 얼굴로 나를 쳐다보며 물었다.

"쟤들 뭐야?"

미희도 세윤이 입양되었다는 것을 아는 것 같았다. 입술 끝이 저렸다. 입이 떨어지지 않았다. 병규와 진성의 대화가 쿡쿡 쑤시듯이 들어와 생각을 끊어 먹었다. 나도 입양됐어. 그런데 쟤들이 세윤이만 두고 저러는 중이야. 나는 정신이 없어. 어쩔 줄 모르겠어. 그런 말들이 생각났으나 말이 되어 나가지는 않았다.

주봉이 허리를 쭉 펴면서 말했다.

"잠깐만. 이거 이상한데? 나만 모르고 있잖아. 그리고 저쪽 애들은 왜 이렇게 목소리가 커?"

세윤은 잠깐 사이에 완전히 지쳐 나가떨어진 얼굴이었다. 세윤이 억지로 웃는 표정을 지어 보이며 주봉에게 말했다.

"나 맞아."

주봉이 눈가를 찌푸리며 물었다.

"너? 너가 뭐?"

"내 뒤에 있는 애들이 말하는 입양된 애. 그거 나야."

주봉이 얼른 이해가 안 된다는 듯 말했다.

"너 입양됐어? 너희 부모님이 진짜 부모님이 아냐?"

세윤이 눈을 내리깔면서 대답했다.

"진짜 부모님이시지. 다만 낳은 분들은 달라. 누군지는 모르고."

"그런데 뭐. 뭐가 문젠데?"

세윤이 "응?" 하고 말하며 주봉을 쳐다보았다. 주봉의 태도가 예상치 못한 반응이었던 건 나도 마찬가지였다.

주봉이 말했다.

"부모님 감사합니다. 아멘. 그런 거 했을 거 아냐. 그럼 됐지 뭐. 입양이 대수야? 잘 살면 그만이지. 근데 쟤들은 뭔데?"

주봉이 인상을 구기고 손바닥을 쳐들었다. 잠시 생각을 하는가 싶더니 눈을 부릅떴다.

주봉이 목소리를 높이며 말했다.

"쟤들이 걔들이야? 병규랑 진성이 놈. 저번에 틀딱 그거 했다는 애들. 지금 일부러 저기 앉아서 입양 어쩌고 이 지랄 하는 거야?"

주봉이 한 손으로 머리칼을 움켜쥐고 으르렁거렸다.

"아 진짜, 이런 개잡노무 새끼들이!"

주봉이 거칠게 일어섰고 의자가 요란한 소리를 내며 뒤로 넘어졌다. 이마에 툭 혈관이 불거진 얼굴이 장비 같았다. 손에 도끼라도 있으면 테이블부터 두 동강 내 버릴 것 같았다. 주봉은 당장 부스 밖으로 나가려고 했다. 그때였다.

"실수하면 지는 거야."

낮은 목소리에 주봉이 멈칫했다. 미희였다. 주봉이 약간 수그러든 목소리로 물었다.

"응? 뭐라고? 나 목소리 너무 컸어?"

미희가 고개를 뒤로 젖히고 천장의 할로겐 조명에 시선을 맞췄다. 잠깐의 시간이 흐른 뒤 미희는 주봉을 쳐다보며 말했다.

"이런 일은 실수하면 지는 거라고. 지금 네가 하려는 게 그거야. 실수."

미희가 눈짓으로 넘어진 의자를 가리켰다.

"그리고 주봉아, 너무 시끄러워."

주봉은 엉거주춤 허리를 숙여 의자를 바로 세우고 자리에 앉왔다. 세윤과 나는 토끼 같은 미희가 곰 같은 주봉을 말 한마디로 움직이는 것을 지켜보았다. 미희가 다이어리를 꺼내며 말했다.

"유리야, 세윤아, 수첩 있어? 없으면 핸드폰 메모장 같은 거."

나는 서둘러 핸드폰을 꺼냈다. 세윤은 가방에서 다이어리를 꺼냈다. 미희는 주봉에게 "넌 핸드폰 꺼내." 하고 말했다.

"엄마가 그랬어. 이럴 때는 시스템을 믿는 수밖에 없다고."

미희가 우리를 둘러보며 이어 말했다.

"오늘 날짜랑 시간 적고, 장소 적고 같이 있었던 사람 적어. 그리고 조금 전에 있었던 일을 각자 기억하는 대로 적는 거야."

주봉이 확인하듯이 물었다.

"적으라고?"

미희가 고개를 끄덕이며 말했다.

"응."

우리 셋은 미희가 시킨 대로 했다. 적는 중에도 병규와 진성의 비아냥 섞인 조롱이 이어졌다. 미희는 자리에서 조용히 일어섰다. 그리고 입술을 동그랗게 말고 후, 하며 숨을 고르고는 나지막한 목소리로 우리를 향해 말했다.

"내가 얘기하고 와도 될까?"

우리는 얼결에 고개를 끄덕였고 주봉은 엉거주춤 일어서서 허락을 구하듯이 물었다.

"같이 갈까?"

미희는 주봉의 눈을 똑바로 쳐다보며 말했다.

"넌 그냥 있어. 제발. 무슨 일이 벌어져도 너는 그냥 있어."

미희는 컵을 들고 반쯤 남은 캐모마일 차를 한 번에 비웠다. 우리를 한번 훑어본 다음 미희는 부스 밖으로 나갔다. 나는 핸드폰을 꼭 쥐고 부스 밖에서 들리는 소리에 귀를 기울였다.

부스 유리 칸막이 너머에서 미희의 조곤조곤한 목소리가 들렸다.

"안녕. 나는 최미희라고 해. 얼굴은 알지? 몰라? 몰라도 상관없어."

뭔데? 누군데? 하는 말이 들렸고 미희의 목소리가 이어졌다.

"너희는 내 친구 세윤이를 모욕했어. 세윤이가 입양된 걸 두고 놀려 먹었어. 너희가 잠깐 잊은 것 같은데 세윤이 뒤에는 세윤이 부모님이 계시거든. 아마 이런 상황을 알면 가만히 계시지 않을걸? 학교폭력은 벌점으로 끝나지 않는다는 거 알지?"

"야, 얘 뭐라니? 지금."

"너 세윤이 여친이야? 네가 뭔 상관인데?"

나는 험악하게 얼굴을 일그러뜨리는 주봉을 향해 쓥, 소리를 내며 눈을 부라렸다.

미희는 잠깐 쉬었다가 다시 말을 이었다.

"소란 피울 생각은 하지 않는 게 좋아. 남의 영업장에서 소리를 지르거나 난동을 부리면 경찰을 부를 거니까. 그렇죠? 언니?"

포스기 뒤에서 종업원 언니의 목소리가 들렸다.

"응. 그렇지. 전화해야 해?"

미희가 낭랑한 목소리로 대답했다.

"아니요. 아직은요."

미희의 목소리가 이어졌다.

"욕설이 섞인 말도 하지 않는 게 좋아. 그건 언어폭력이거든. 안에 있는 내 친구들이 바로 기록할 거야. 조금 전에 너희들이 세윤이 두고 한 말도 전부 적어 놨어. 나중에 신고할 때 자료로 쓸 수 있어."

병규가 성난 목소리로 대꾸했다.

"아, 진짜. 개짜증 나. 그럼 뭐. 그래서 뭐. 우리가 우리 돈 내고 들어와서 하고 싶은 말도 못 해?"

"하고 싶어서 했다는 게 문제라는 거야. 나는 너희한테 여길 나가라 마라 말한 적 없어. 다만 우리가 싫다고 분명히 말했는데도 그런 말을 계속한다면, 그때는 방금 말한 대로 세윤이 부모님한테 말할 거야. 그러면 어떻게 될까?"

진성의 목소리가 들렸다.

"야! 이게 어디서 겁도 없이. 죽고 싶어?"

미희는 지지 않고 대꾸했다.

"죽고 싶냐고? 전혀. 겁은 많은 편이야. 네가 진성이야? 아니면 병규? 아무튼 네가 그렇게 말하니까 엄청 무서워. 나 때리려고? 그래. 때려. 내가 맞아 봐서 아는데, 너희는 그 뒤로 이어지는 사태를 감당 못 해. 절대로."

미희의 말에 병규와 진성은 아무 말도 하지 못했다. 아니, 확, 아, 진짜, 같은 말이 간간이 들리긴 했지만 신기하게도 욕설은 한마디도 튀어나오지 않았다. 교실에서는 욕을 입에 달고 사는 애들이었는데도.

잠깐의 침묵 뒤 미희의 목소리가 들렸다.

"그럼, 앞으로는 주의 부탁해."

미희가 부스 안으로 돌아왔다. 미희는 부들부들 떨리는 손으로 내 앞에 놓인 아이스 아메리카노를 단숨에 비웠다. 미희가 떨리는 목소리로 말했다.

"아까 하던 공부 마저 하자. 아직 끝난 거 아니잖아."

미희는 의자를 빼고 소리도 내지 않고 앉았다. 미희의 이마에는 땀이 송골송골 맺혀 있었다. 미희에게서 고향숙 선생님 분위기가 흐르는 것 같았다. 주봉과 세윤도 입을 다물지 못하고 미희를 보고 있었다. 미희가 어색하게 웃으며 말했다.

"우리 엄마가 이런 식으로 아빠를 이겼거든. 별거 아닌 것 같은데 은근히 효과가 있어."

미희는 연필을 잡다 말고 깜박 잊었다는 것처럼 말을 이었다.

"우리 엄마 아빠는 이혼 직전이야. 지금은 조정 기간. 어쩌면 이혼 안 할 수도 있어. 부부라는 게 그렇고 그런 모양이더라. 아, 그리고 있잖아."

미희는 세윤을 쳐다보며 작은 목소리로 말했다.

"세윤아, 힘내."

세윤은 씩 웃으며 대답했다.

"고맙다."

주봉은 세윤에게 엄지를 치켜올리며 "넌 잘생겼어." 하고 말했다. 나는 세윤의 얼굴을 쳐다보다가 입을 다물고 말았다. 미안했고 부끄러웠다. 세윤이 미희와 주봉에게 얻는 위로가 부럽기도 했다.

잠시 뒤, 병규와 진성이 욕설을 내뱉으며 자리에서 일어섰다. 일어서면서 의자와 테이블을 막무가내로 밀쳐 쿵쾅대는 소리가 났지만 그게 다였다. 카페 문이 거칠게 열렸다가 닫히는 소리가 들렸다. 세윤이 허리를 펴고 쓸쓸히 웃었고 주봉은 아래턱을 내밀고 "확, 저것들을 진짜. 미희만 아니었으면 우와 진짜." 하며 으르는 소리를 했다.

나는 미희의 작은 몸을 꽉 끌어안고 말했다.

"미희야, 너 대단해. 정말 멋져. 진짜 대단해."

그렇게 말하는데 눈에 눈물이 돌았다. 미희도 응, 응, 하고 고
개를 끄덕이며 안경을 벗고 눈가에 밴 눈물을 닦아 냈다. 종업
원 언니가 버터 향이 오르는 허니브레드와 와플을 가져와 탁자
위에 올려놓았다. 와플에는 생크림이 산처럼 쌓여 있었다. 언니
가 웃으며 말했다.

"이건 서비스."

미희가 "고맙습니다. 언니." 하고 말하자 언니가 콧등을 찡긋거
리며 "사장님한테는 비밀이다?" 하고 말했다.

그날 밤, 나는 내 방 의자에 앉아 핸드폰 메시지를 적었다 지
우기를 반복했다.

―아까 고생 많았어. 사실 나도 입양이야. 그동안 힘들었지? 힘
내. 아니, 우리 힘내자.

―나도 너처럼 입양이야. 도와주지 못해서 미안.

— 병규랑 진성이 너무 재수 없었지? 아까는 나도 놀랐어. 나도 입양이거든. 너 정말 대단해. 나는 감추기만 했는데.

자정이 넘도록 고민하던 나는 결국 메시지를 보내지 못했다.

18

중간고사가 하루 앞으로 다가왔다. 방문 두드리는 소리가 들렸다. 시간은 밤 열한 시 반. 이 시간에 나를 찾을 사람은 할아버지뿐이었다. 나는 방 상태를 둘러보았다. 특별히 눈에 걸리는 건 없었다. 나는 인터넷 강의 일시정지 버튼을 눌렀다.

"할아버지세요?"

큼, 하는 헛기침 소리가 들렸고 할아버지의 목소리가 이어졌다.

"여행을 다녀와야겠다."

나는 의자를 돌려 문을 쳐다보았다. 지난번에 이어 또 3주 만이었다.

"여행요?"

문밖에서 할아버지의 목소리가 울렸다.

"내일 간다. 나흘 정도 걸릴 거다."

할아버지의 말은 그게 끝이었다. 할아버지의 발소리가 멀어졌다. 나는 방문을 노려보다가 의자를 돌려 인터넷 강의 재생 버튼을 눌렀다. 어색한 자세로 멈춰 서 있던 강사가 다시 유창한 설명을 시작했다. 나는 볼펜을 쥐고 인터넷 강사의 입을 쳐다보며 내일부터 중간고사라는 사실을 되새겼다.

강사는 펜으로 전자 칠판에 적은 수식에 연거푸 동그라미를 치며 "여기! 이것이 핵심! 모르면 관 뚜껑 준비하든가 다시 처음부터 듣든가 양자택일!" 하고 리듬 섞인 과장된 목소리로 말했다.

나는 재생 위치를 10분 앞으로 찍었다. 핵심이라고 했던 부분을 다시 들었으나 "양자택일!" 하고 소리치는 장면에 도달해서도 개념은 머릿속에 들어오지 않았다. 다시 20분 앞을 찍었다. 같은 내용을 반복해서 듣던 나는 볼펜을 달칵 소리가 나도록 내려놓았다.

여행은 개뿔.

나는 맞잡은 손 사이의 빈 곳에 입김을 불어 넣었다.

어떻게 하면 좋을까.

여행일 리는 없었다. 병원 같은 데 가는 게 분명했다. 할아버지는 알 것 없다는 식이었으나 심각한 병을 앓는 게 틀림없었다. 할아버지와 나 사이의 규칙대로라면 할아버지를 내버려 두는 게 맞았다. 이제까지 살아왔던 것처럼 거리를 두는 게 옳았다.

할아버지와 나 사이의 거리는 일종의 안전장치였다. 우리는 그 안에서 안전했다. 어떤 상처도, 어떤 부대낌도, 어떤 위태로운 기대나 상처가 되고 말 애정도 할아버지와 내게서는 일어나지 않았다. 나는 고등학교 과정을 마치고 이 집을 훌훌 떠나면 됐다.

나는 마음을 다잡았다. 서랍에서 헤드폰을 꺼냈고 스테레오 잭을 컴퓨터에 꽂았다. 인터넷 강의 동영상을 다시 앞으로 돌렸다. 전투에 나가는 사람처럼 볼펜을 잡았다. 중간고사 준비를 해야 했다. 그게 가장 중요했다. 대학을 결정할 열 번의 시험 중의 한 번이었다. 조금이라도 더 유리한 고지에서 혼자인 삶을 시작하고 싶었다.

나는 온 정신을 모아 수학 강사를 쳐다보았다. 같은 설명이 반복됐고 수학 강사가 전자펜으로 수식에 동그라미를 쳤다.

"여기! 이것이 핵심! 모르면 관 뚜껑 준비하든가 다시 처음부터 듣든가 양자택일!"

나는 결국 스페이스 바를 눌러 재생을 중지했다.

할아버지와 나 사이의 빈 공간에 연우가 들어왔다. 연우와도 거리를 둘 수 있을까, 거리를 두어야 할까, 연우는 앞으로 어떻게 될까, 연우 아빠를 찾을 수 있을까, 할아버지에게 무슨 일이라도 생기면 어쩌나 하는 질문들이 올라왔고 마음이 어지러웠다.

나는 의자에서 일어섰다. 문을 열고 나와 계단으로 올라갔다.

삐걱거리는 소리는 노크나 다름없을 터였다. 나는 2층 문을 두드렸다. 대답이 없었다. 열까지 센 뒤 다시 문을 두드렸다. 문 너머 멀리서 "무슨 일이냐." 하는 소리가 들렸다.

"저예요. 잠깐 들어갈게요."

할아버지 방 미닫이문 열리는 소리가 났다.

"늦었다."

나는 손잡이를 돌리고 문을 열었다. 2층 거실 안으로 들어서자 누르스름한 내복 차림의 할아버지가 보였다. 할아버지는 안방 밖으로 허리를 빼고 나를 쳐다보았다. 할아버지는 헌팅캡을 쓰고 있었다.

할아버지와 나는 문지방을 사이에 두고 앉았다. 헌팅캡 아래로 힘없이 늘어진 흰 머리칼이 보였다. 할아버지의 목덜미와 어깨에도 머리칼이 떨어져 있었다.

할아버지가 입을 열려 하기에 내가 먼저 말했다.

"암 같은 거예요?"

할아버지의 고집스러운 시선이 내 눈에 꽂혔다. 나는 물러서지 않았다.

"암 같은 거 걸리신 거냐고요."

할아버지는 미닫이문을 닫으며 말했다.

"알 거 없다. 궁금할 것도 없고."

미닫이문이 들들들 소리를 내며 내 앞으로 지나갔다. 나는 왼손으로 문을 잡아 세웠다. 할아버지는 얼굴을 찌푸리며 손에 힘을 주었다. 미닫이문은 덜컥거리다가 반대편으로 밀렸다.

나는 침을 삼켰다. 할아버지가 내 힘을 당해 내지 못했다. 있을 수 없는 일이었다. 나는 문을 잡은 채 물었다.

"뭐예요?"

내 목소리가 떨렸다. 할아버지는 나를 쳐다보다가 한숨을 내쉬었다.

"물을 다오. 미지근하면 좋겠다."

나는 주방으로 내려갔다. 흰 머그잔에 물을 담고 전자레인지에 돌렸다. 2층으로 올라와 물컵을 건네자 할아버지는 지친 얼굴로 물을 천천히 들이켰다. 입가로 흐른 물이 꺼칠한 수염 돋은 턱 끝에 맺혔다.

물을 다 마신 할아버지는 속이 불편한 듯 얼굴을 찡그렸다. 나는 다시 물었다.

"어디가 어떻게 아프신 건데요? 말씀을 해 주셔야 알죠."

할아버지는 내 얼굴을 빤히 쳐다보다가 입을 열었다.

"복막암이다."

"네?"

내가 알아들은 말은 암이라는 글자 하나뿐이었다.

"복막이라고, 내장을 둘러싸고 있는 얇은 막 같은 게 있다. 거기에 악성 종양이 생겼다더라."

"암이라고요?"

암이라는 단어는 익숙했고, 할아버지의 병증이 암 때문일 수도 있다고 생각도 했다. 그러나 막상 그 단어가 내 앞에 엉큼스레 튀어나오자 머리를 망치로 맞은 것 같았다. 할아버지는 덤덤하게 말을 이었다.

"1월에 건강검진을 했는데 복수가 찼다고 하더라. 처음에는 간 문제인 줄 알았는데 아니었다. 조직 검사를 했고 복막암 판정을 받았다. 초기는 당연히 아니었고."

나는 더듬거리며 말했다.

"위험한 거예요?"

"수술을 할 수 없는 지경이라니까 위험한 거겠지."

무슨 말을 해야 할지, 무엇을 물어봐야 할지, 이제 어떻게 되는 것인지 알 수가 없었다. 나를 물끄러미 쳐다보던 할아버지가 담담한 목소리로 말했다.

"항암 치료 중이야. 1차 받고, 2차 받았다. 내일 3차 받으러 간다. 병원 가서 항암 주사 맞고 요양 병원에서 나흘 정도 있다가 나올 거다. 암이 퍼진 부위가 줄어들면 수술을 할 수 있을지도 몰라. 수술을 할 수 있으면 그나마 다행이라고 볼 수 있겠다만."

기가 막혀서 웃음이 났다. 할아버지의 모습이 흐릿해졌고 눈가로 눈물이 흘렀다. 할아버지는 내 얼굴을 쳐다보다가 쓸쓸히 웃었다. 보일 듯 말 듯 한 미소였다.

나는 울음 섞인 목소리로 말했다.

"말도 안 돼요. 그런 게 왜 생긴 건데요?"

할아버지는 입술을 굳게 다물고 허공에 멍한 시선을 던졌다. 무덤덤했던 할아버지의 얼굴에 감정이 서렸다.

할아버지가 말했다.

"억울할 것도 없어. 지은 죄도 많고 많이 살았다."

"의사가 뭐라고 했어요? 다 말해 봐요. 치료 경과는 좋대요? 어떻대요?"

"1년 반에서 2년. 운이 좋으면 그 정도는 살 거다. 물론 알 수는 없다. 의사들은 대개 최악을 말하니까."

뜨거운 숨이 터져 나왔다. 입이 다물어지지 않았다. 할아버지가 나를 쳐다보다가 마음에 들지 않는다는 듯 인상을 썼다. 조금 전 보였던 감정 어린 얼굴은 온데간데없었다. 할아버지는 냉정한 투로 말했다.

"걱정 마라. 너 고등학교 졸업해서 여기를 떠날 때까지는 살아 있을 거 같으니까. 약속은 약속이다. 넌 대학교 합격만 해. 합격증 보여 주면 약속대로 돈을 줄 거다. 큰돈은 아니어도 혼자 설 토대는 될 거다. 요즘 집 문제 해결하기가 어디 만만하더냐."

나는 소리를 질러 버리고 말았다.

"지금 그 얘기가 아니잖아요!"

"호들갑 떨지 마라!"

내 고함은 할아버지 목소리에 눌렸다. 할아버지는 턱을 들고 엄한 목소리로 말했다.

"궁금하다고 보채서 얘기해 준 거다. 암으로 죽는 거 흔한 일이다. 흔한 일이 내게도 일어났을 뿐이야. 별일 아니다. 지나가는 일일 뿐이야. 넌 네 할 일이나 잘해. 새삼스럽게 무슨 눈물 바람이냐. 재수 없게."

목소리로 뺨을 맞은 것 같았다. 울음이 잦아들었고 감정도 식었다. 할아버지는 싸늘한 시선으로 나를 쳐다보며 말했다.

"내일부터 중간고사 아니냐? 공부 안 할 거면 가서 자. 긴 생각 말고."

할아버지는 미닫이문을 탁 소리 나도록 닫았다.

19

중간고사가 끝난 다음 날은 개교기념일이었다.

연우는 내 옆에 앉아 지하철 안내도를 올려다보았다. 다음 역
이 대공원역이었다. 위아래를 파란색으로 맞춰 입은 연우의 얼굴
이 기대와 흥분으로 반질거렸다. 연우가 말했다.

"다 왔어요."

전철 안에 곧 대공원역에 도착한다는 안내 방송이 울렸다. 나
는 단체 채팅방에 메시지를 적었다.

—이제 내려.

주봉의 메시지가 올라왔다.

—연우는? 데려왔지?

핸드폰 화면을 톡톡 두드렸다.

—데려왔어. 네 덕분에 체험학습이시다.

주봉이 이모티콘을 연이어 올렸다. '아싸, 신난다' '기대 만땅'

'오늘 한번 제대로 놀아 볼까?' 같은 문구들이 적힌 발랄한 이모티콘이었다. 미희도 덩달아 비슷한 이모티콘들을 올렸다. 세윤도 한 줄 올렸다.

　—날씨 좋네.

　날씨가 좋건 말건 놀이공원에 갈 기분은 아니었다. 중간고사 기간 내내 하루 네 시간 자며 공부했다. 시험 전날 숙면은 필수라는데 마음이 쫓겨서 그럴 수가 없었다. 할아버지는 항암 주사를 맞고 요양 병원으로 들어갔다. 항암 주사 부작용이 나아질 때까지 머물다가 온다고 했다.

　그러거나 말거나.

　시험 기간 내내 독을 품고 공부했다. 마음이 흐트러질 것 같으면 할아버지의 말을 떠올렸다. 네 할 일이나 잘하라는 말, 떠날 때 되면 돈을 주겠다는 말, 호들갑 떨지 말라는 말, 내 눈물과 슬픔이 재수 없다는 말. 그 말들을 떠올렸다. 그 말들은 녹음된 것처럼 머릿속에 저장됐고 할아버지의 처지를 외면하는 데 도움이 됐다. 할아버지에게 나는 억지로 떠맡은 아이였다. 정붙이지 않고 떼어 내겠다는 마음으로 나와 살아왔던 거였다. 나는 집중이 잘 안 될 때마다 생각했다. 그래. 각자 사는 거야. 각자.

　전철이 속도를 줄였다. 나는 좌석에서 일어서서 가방을 멨다. 문이 열리기를 기다리는데 연우가 내 손을 잡았다. 내 손에 닿은 작고 말랑말랑한 감촉에 나는 움찔 놀랐다. 연우가 먼저 내 손을 잡기는 처음이었다. 내가 놀란 걸 연우가 알아차렸을까 걱정했지만 연우는 아무렇지도 않았다. 연우가 말했다.

"놀이공원은 처음이에요."

놀이공원에 처음 가 본다는 말에 나는 그저 입술만 다물었다. 그랬구나. 놀이공원을 한 번도 가지 못했구나. 이제는 연우가 무슨 말을 해도 놀랍지 않았다. 연우와 나는 전철에서 내려 계단과 에스컬레이터를 따라 지상으로 올라갔다. 연우는 대놓고 좋아했다. 저렇게 좋아하는 모습을 본 적이 없어서 가슴이 다 뻐근했다. 놀 기분은 아니었지만 연우 때문에라도 잘 왔다 싶었다. 대공원역을 빠져나가는 계단은 넓고 밝았다.

주봉이 건네는 호감을 연우는 납죽납죽 받아들였다. 주봉과 연우는 서로를 툭툭 치며 거리를 좁히더니 이내 뜀박질과 잡기놀이를 했다. 처음 만나는 것인데도 둘은 죽이 잘 맞았다. 놀이공원 입구에 다다를 즈음에는 연우가 주봉의 어깨 위에 두 다리를 걸치고 올라갔다. 주봉이 만세 부르듯이 두 팔을 번쩍 들어 올리자 연우는 주봉의 양손을 마주 잡고 CF에서나 들릴 법한 소리로 까르르 웃었다. 주봉은 어깨 위에 연우를 올리고 우와! 우와아아! 하고 소리를 지르며 놀이공원으로 향하는 넓은 보도를 지그재그로 달렸다.

미희는 길가 가판대로 달려가 고양이, 토끼, 기린, 판다, 여우 머리띠를 하나씩 사 왔다. 만만치 않은 가격이었는데도 주저하는 기색이 없었다. 미희는 토끼 머리띠를 자기 머리에 꽂고는 나머지 머리띠들을 내밀며 "고를래?" 하고 말했다. 세윤은 기린 머리띠를, 주봉은 판다 머리띠를, 나는 고양이 머리띠를 썼다. 연우는 여우 머리띠를 썼다.

머리띠 같은 걸 왜 하나 싶었는데 막상 쓰고 보니 기분이 달랐다. 미희는 셀카봉을 길게 빼고 다섯 모두를 한 화면에 담았다. 세윤도 핸드폰을 들고 셀카를 찍었다. 가장 인기 있는 모델은 연우였다. 연우의 모르는 면을 또 보는가 싶었다. 연우는 손가락으로 코를 들어 올려 돼지코를 만들기도 했고 양 볼이 빵빵해지도록 바람을 불어 넣기도 했다. 손으로 꽃받침을 만들기도 하고 얼굴을 찌푸려 우스꽝스러운 표정을 만들기도 했다.

"같이 찍자."

세윤이 내 어깨 쪽으로 몸을 기울이며 핸드폰을 들었다. 내키지 않았지만 피하는 것도 어색했다. 햇빛이 눈부셔서 나는 한쪽 눈을 찡그렸다. 세윤과 내 뒤로 주봉, 미희, 연우가 차례대로 포개졌다. 우리는 핸드폰 화면에 얼굴을 욱여넣기 위해 더 가까이 붙었다.

우리는 공원을 순회하는 열차를 타고 놀이공원 안으로 이동했다. 순회 열차를 끄는 차량의 매캐한 배기가스가 약간 역했지만 그런 냄새 정도는 눈감아 줄 수 있을 정도로 날씨와 풍경이 좋았다. 할아버지 생각이 날아가 버리는 것 같아서 속이 후련했다. 연둣빛 새잎을 낸 나뭇가지가 예뻤다. 멀리 롤러코스터와 회전 관람차가 보였다. 나와 세윤이 붙어 앉았고 주봉과 연우, 미희가 맞은편에 앉았다. 주봉과 연우는 머리를 모으고 팸플릿을 내려다보며 무엇부터 타러 갈 것인지 신중히 의논했다. 주봉은 연우가 키 제한에 걸려 롤러코스터를 타지 못할까 초조해했다. 미희는 동물원도 가 보자며 연우를 꼬드겼다. 나는 동물원은 안 갔으면 했다. 동물원에는 유모차를 끌고 다니는 사람들이 너무 많았다.

옆에 앉은 세윤이 내게 물었다.

"연우 돌보는 거 힘들지 않아?"

나는 엄살을 떠는 투로 말했다.

"죽지 죽어. 힘들어 죽어."

세윤은 콧등에 웃음 주름을 잡으며 "힘내라 힘." 하고 말했다.

순회 열차가 멈췄다. 사람은 많지 않았다. 이런 분위기라면 놀이기구를 모조리 다 타 볼 수도 있을 것 같았다. 간간이 얼굴만 아는 우리 학교 애들이 보였다. 우리는 각종 놀이기구를 차례차례 정복하며 위로 거슬러 올라갔다.

연우는 10억 년 만에 자기 세상에 돌아온 사람 같았다. 범퍼카

운전도 혼자서 잘했다. 구석에 끼어 어쩔 줄 몰라 하는 내게 전속력으로 달려와 부딪쳤다. 안장에서 엉덩이가 들썩거렸고 간과 심장이 자리를 바꾸는 것 같았다. 연우는 이야아아아! 하고 소리를 지르며 세윤과 미희, 주봉에게도 돌진했다. 세윤과 미희가 연우를 몰아붙이면 주봉이 달려와 구해 주었다. 나는 주봉의 꽁무니를 내 범퍼카로 들이받았다.

점심 먹기 전 마지막 놀이기구는 롤러코스터였다. 점심이 가까워 오면서 사람이 늘어났고 가장 인기 있는 놀이기구여서 줄이 제법 길었다. 30분은 기다려야 할 거라고 했다.

나와 세윤은 롤러코스터 따위로 심신을 괴롭히지 않겠노라 일찌감치 선언했다. 연우는 롤러코스터 앞에서 오줌이 마렵다며 화장실 먼저 가야겠다고 했다. 가만히 서 있던 주봉이 "같이 가세나! 나도 오줌이 마렵네!" 하고 연우의 뒤를 따라 달려갔다. 미희도 나와 세윤을 번갈아 보다가 "갔다는 와야겠지?" 하며 화장실을 향해 종종걸음 쳤다.

나는 아이스크림 가게에 가서 소프트아이스크림 다섯 개를 주문했다. 그 정도는 하고 싶었다. 손이 모자라서 세윤을 불렀다. 연우, 주봉, 미희는 롤러코스터 대기줄에서 아이스크림을 하나씩 들고 생글거리며 웃었다.

세윤과 나는 벤치에 앉아 학교 얘기를 주고받았다. 같은 반이라 척하면 척하고 알아듣는 이야깃거리들이 많았다. 병규와 진성의 흉을 보았고 국어, 사회, 미술 선생님에게 둘 다 호감을 느낀다는 사실을 확인했다. 고향숙 선생님을 둘러싼 소문이 사실이 아닐 거라는 생각도 일치했다.

중간고사가 끝났기 때문인지, 카페에서의 고백 덕분인지 세윤의 얼굴은 한결 편해 보였다. 세윤과 나누는 소소한 대화가 좋았다. 입양으로 세상살이를 시작했으면서도 이렇게 번듯하게 잘 자랄 수도 있는 거구나, 하는 생각을 했다. 새삼 세윤 엄마가 대단해 보이기도 했다. 내가 세윤의 가정에 입양됐다면 내 삶은 어떻게 달라졌을까. 완벽히 따뜻해 보이는 세윤의 엄마와 구김 없이 자란 세희, 가족사진 속에서 느긋한 얼굴로 소파에 앉아 있던 세윤의 아빠. 우리 집에는 그런 게 없었다.

나와 세윤은 벤치에 앉아 롤러코스터를 올려다보았다. 롤러코스터 계단을 올라가던 연우가 나를 내려다보며 손을 흔들었다. 나도 마주 흔들어 주었다.

세윤이 말했다.

"좋아?"

"뭐가?"

세윤이 턱으로 계단을 가리켰다.

"연우."

나는 인상을 쓰며 대꾸했다.

"좋긴."

"웃으면서 보고 있길래."

"내가?"

세윤이 아이스크림을 텁, 베어 물고 말했다.

"엄마 표정이야."

내게서 엄마 표정이라니. 기분이 묘했지만 싫지 않은 말이었다. 나는 조금 웃었다.

"그랬나?"

세윤이 입술을 오므리고 고개를 끄덕였다. 나는 세윤을 쳐다보았다. 나 말고 입양된 애를 보는 건 처음이었다. 눈매가 서글서글해서 누구에게라도 좋은 느낌으로 다가설 아이로 보였다. 배려심 깊고 자기 할 일 스스로 알아서 하고 공부도 잘했다. 친구 관계가 좁은 건 나와 비슷했지만 그 외에 겹치는 부분은 별로 없었다. 나는 컴컴한 편이었고 미희와 주봉 외의 친구들에게 곁을 주는 일이 없었다.

문득 세윤이 성당에서 엄마와 싸웠다는 병규의 이야기가 떠올랐다. 없던 이야기는 아니었던 것 같았다. 세윤 같은 아이가 엄마와 무슨 일로 접시를 던져 버릴 정도로 싸우게 되었을까.

나는 툭 질문을 던졌다.

"병규랑 진성이 때문에 불편하지 않아?"

세윤은 담담한 투로 말했다.

"적당히 무시하면 그만이야. 걔들도 머리는 있어서 함부로 못해."

아무렇지도 않을 리는 없었다. 목소리가 조용하고 쓸쓸했다. 외로워 보여서 미안했다. 입양 사실을 감추고 안전하게 피해 있었던 나 자신이 부끄럽기도 했다. 나는 말하고 싶었다. 그때 혼자 당하도록 내버려 두어서 미안했다고. 혼자 화살 같은 말을 맞을 동안 슬쩍 비켜서 있어서 미안했다고.

세윤이 나를 흘끗 돌아보고는 다시 말했다.

"정말 괜찮아. 정말. 걔들이 좀 지독하긴 한데, 처음 있는 일도 아니었어."

나는 그만 불쑥 말해 버리고 말았다.

"뭐 하나 물어봐도 돼?"

세윤이 고개를 끄덕였다. 막상 말은 꺼냈지만 엄마와 무슨 일로 싸웠는지 묻는 건 어려웠다. 어쩌면 세윤에게도 내가 내 사정을 감추는 것만큼이나 드러내고 싶지 않은 일들이 있을지도 몰랐다. 감추고 싶은 것은 감추도록 내버려 두는 게 옳았다. 내 사정은 조금도 내비치지 않고 세윤에게서 듣고 싶은 말만 쏙쏙 빼먹으려 드는 것도 염치없었다.

내가 머뭇거리자 세윤이 괜찮다며 뭐든 다 물어보라고 했다. 나는 조심스레 입을 열었다.

"성당에서 엄마랑 싸웠어? 왜 싸웠어?"

세윤이 싱겁다는 투로 "난 또." 하고 웃었다.

"자주 싸워. 나랑 엄마랑. 엄마가 밖에서는 천사 같아 보이는데 집에서는 그냥 엄마야. 성적 잔소리는 정말 대마왕급이거든. 내가 공부하고 싶은 대로 공부하게 내버려 두면 좋겠는데 그게 아냐. 잔소리가 정말이지 어마어마하다니까."

"그래서 접시를 던졌어? 사람들 다 보는 데서?"

세윤의 눈이 휘둥그레졌다. 세윤은 한 손을 흔들며 해명하듯이 빠르게 말했다. 세윤은 접시를 던지지 않았다고 했다. 식탁에서 말다툼하다가 접시를 잘못 건드려서 떨어진 거라고 했다. 자기는 엄마에게 접시를 던지는 그런 아들은 아니라고, 그렇게 오해했다면 정말 억울하다고 했다.

겨우 그런 거였냐, 하는 마음이었다고나 할까. 말수가 없는 편이라고 생각했는데 한번 입을 열고 나자 세윤은 말문이 터진 아이처럼 자기 얘기를 쏟아 놓았다.

"예전에는 그럭저럭 잘 살아온 것 같은데 얼마 전에는 좀 힘들었어. 지금은 괜찮아졌고."

세윤은 주먹으로 자기 가슴을 툭툭 두드리면서 나를 보고 싱긋 웃었다.

"오늘이 세희 생일이었거든. 아침에 세희가 나한테 맞춤법 좀 봐 달라면서 카드를 가져왔어. 생일이니까 엄마한테 감사 카드를 썼대. 기특하지? 그런데 갑자기 기분이 이상해지는 거야."

세윤은 혼잣말처럼 중얼거렸다.

"엄마 아빠, 낳아 주셔서 감사합니다."

세윤은 콧소리로 웃었다.

"세희가 그렇게 썼더라고. 야, 우린 이런 말 해 본 적 없지 않아? 별것도 아닌데 괜히 서러워. 그런 걸로 서러워하는 게 지겹기도 하고. 엄마가 세희한테 우리 세희, 우리 세희 하면서 엉덩이를 두드리는 것도 그래. 내가 남자애라서 그런가. 엄마는 내 엉덩이를 두드리지는 않았거든. 진짜 웃기지 않냐. 난 왜 그런 게 서운하니? 넌 그런 적 없어?"

세상이 온통 하얘진 것 같았다.

나는 세윤을 쳐다보았다. 흐르듯 지나간 세윤의 말 속에 무언가가 숨어 있었다. 기억을 확인해 볼 필요도 없었다. 그 말은 이미 내 머릿속에 총알처럼 박힌 뒤였다. 조금 전 세윤은 내게 말했다.

우린 이런 말 해 본 적 없지 않아?

넌 그런 적 없어?

내 손에 들려 있던 아이스크림 한 덩이가 바닥에 툭 떨어졌다. 세윤의 시선이 떨어진 아이스크림에서 내 얼굴로 올라왔다.

나는 더듬거리며 말했다.

"너, 무슨 소리 하는 거야?"

묻는 내 목소리가 미세하게 떨렸다.

"너 조금 전에 '우리'라고 했잖아. 나보고 그런 적 없냐고 물었잖아."

세윤의 시선이 흔들렸다. 세윤은 내 질문을 부인하려 들지 않았다. 내가? 내가 그랬어? 하는 말로 넘어가려 들지도 않았다. 그저 당혹스러운 얼굴로 시선을 떨굴 뿐이었다. 세윤은 나의 입양 사실을 이미 알고 있었다. 나는 물었다. 확인을 위해서.

"너, 알고 있었어?"

세윤은 해명하듯이 입을 열었다.

"유리야, 내 얘기 먼저 들어 봐."

"어떻게 알아? 주봉이랑 미희가 얘기해 줬어? 걔들이 알아? 내가 입양된 거?"

난감해하는 얼굴로 세윤이 말했다.

"주봉이랑 미희는 몰라. 모를 거야."

나는 벤치에서 일어섰다. 현기증이 일었다.

"너, 뭐야?"

나는 입술을 달싹였다.

"그럼 넌 어떻게 알았어?"

내 목소리가 조금씩 올라갔다.

"넌 어떻게 알았는데?"

세윤은 당황한 나머지 낯빛마저 창백해졌다. 어쩔 줄 몰라 하던 세윤이 흘린 대답은 끔찍했다.

"그거야 네가 워낙 유명하니까."

20

혼자 집으로 돌아왔다. 주봉에게 연우를 맡기고 나중에 집에 데려다 달라고 했다.

세윤은 내게 미안하다고 했다. 그러면서도 내가 입양된 걸 어떻게 알았느냐는 질문에는 입을 닫았다. 네가 어디까지 아는지, 어디까지 모르는지 모르겠다는 아리송한 말을 흘렸다. 자기가 이야기하는 게 맞는지 모르겠다고도 했다.

내가 감췄던 입양 사실을 다른 사람이 알고 있다는 것도, 내가 모르는 나의 과거를 아는 사람이 여럿일지 모른다는 것도, 나는 참을 수가 없었다.

집으로 돌아와 2층으로 올라갔다. 할아버지의 방으로 직행했다. 내가 누군지 알고 싶었다. 어떤 사람들의 딸인지, 어떤 과정을 거쳐서 입양됐는지 알고 싶었다. 작은 단서라도 끌어모아 나의 과거를 맞춰 보고 싶었다. 다른 사람도 아는 내 과거를 나만 모른다는 건 말이 안 됐다. 무엇보다도 꾹꾹 눌러두었던 내 시작에 대한 궁금증이 마음에 휘몰아쳤다.

나는 할아버지 방을 뒤졌다. 서류만 잔뜩 들어 있는 플라스틱 보관함을 열고 입양과 관련된 서류가 있지 않은지 살폈다. 잡동사니가 들어 있는 서랍장을 열고 깊숙한 곳까지 손을 넣었다. 아무렇게나 휘젓던 손에서 날카로운 통증이 올라왔다. 아! 소리를 지르며 손을 뺐는데 검지 왼쪽이 길게 베였다. 상처에서 피가 스며 나왔다. 할아버지 방에는 내가 찾는 게 없었다.

나는 거실로 나왔다. 책장과 진열대와 텔레비전장 아래를 샅샅이 뒤졌다. 손가락에서 배어난 피가 먼지 쌓인 선반에 툭 떨어졌다. 나는 화장지로 상처를 감고 당장 버려도 아깝지 않을 물건들을 쌓아 둔 베란다로 갔다. 베란다 이곳저곳을 뒤지다가 구석에 세워 둔 낡은 옷장을 열었다. 옷장 안쪽에 골판지 상자가 놓여 있었다. 상자에는 검은 매직으로 모르는 이름이 적혀 있었다.

이수빈

나는 허리를 꼿꼿이 세우고 상자를 내려다보았다. 입술을 달싹거려 상자에 적힌 이름을 읽어 보았다.

"이. 수. 빈."

한눈에 봐도 오래되어 보이는 상자였다. 상자의 열두 개 모서리에 누런 포장용 테이프가 붙어 있었다. 입구도 밀봉된 상태였다. 열려면 칼이 필요했다. 나는 옷장에서 상자를 꺼냈다. 라면 상자 크기였고 가벼웠다. 1층 거실로 내려와 커터칼로 상자를 밀봉한 테이프를 갈랐다.

상자 속에는 노란 병아리 무늬의 아기 포대기가 들어 있었다. 참을 수 없는 감정이 일렁였다. 포대기 아래엔 누르스름하게 변색된 하얀 배냇저고리와 딸랑이, 분홍색 공갈 젖꼭지가 있었다. 나는 두 손으로 배냇저고리를 조심스레 들어 올렸다. 베인 상처에서 흐른 피가 배냇저고리에 묻어나서 얼른 손을 뗐다.

작디작은 옷이었다. 인형 옷이라 해도 믿을 만큼 작고 작았다. 나는 배냇저고리에 꿰었을 아기의 작은 팔과 작은 몸뚱이를 상상했다.

나를 감쌌던 옷인가 싶었다.

눈앞이 흐릿했다. 손바닥으로 콧물과 눈물을 닦아 냈다. 딸랑이와 공갈 젖꼭지를 꺼내는데 나도 모르게 웃음이 터져 나왔다. 바닥에 놓인 배냇저고리를 반듯하게 펴고 손으로 쓸어 보았다. 얼룩과 옷깃을 엄지로 문질렀다. 배냇저고리 안쪽에도 이수빈이라는 이름과 생년월일이 적혀 있었다.

내 흔적을 더 찾고 싶었다. 나는 노란 아기 포대기를 조심조심 집어 들었다. 포대기에도 뭔가 적혀 있을지 몰랐다. 나를 낳은 부모님의 이름이나 집 주소, 연락처 같은 게 있었으면 했다. 포대기에는 아무것도 없었다. 상자의 안쪽과 바깥쪽까지 꼼꼼히 뒤져 보았으나 더는 알 수 있는 게 없었다.

나는 떨리는 손으로 핸드폰을 찾아 들었다. 할아버지에게 전화를 걸었지만 통화로 연결되지는 않았다. 다섯 번을 다시 걸었는데도 매번 음성메시지 사서함으로 넘어갔다.

나는 음성 사서함에 말했다.

"할아버지, 언제 돌아오세요? 전화는 대체 왜 안 받으세요. 저 할 말이 있어요."

나는 숨을 몰아쉰 뒤 입을 열었다.

"엄마를 찾아야겠어요. 아빠도 찾아야겠어요. 반드시 만나야겠어요."

"유리야, 잠깐만 이리 올래?"

5교시 수업을 마친 고향숙 선생님이 가방에 책을 챙겨 넣던 나를 불렀다. 나는 주위를 둘러보았다. 애들 모두 음악실로 이동 하느라 부산했다. 앞자리에서 세윤이 나를 흘긋거렸다. 나는 교탁 앞으로 나갔다. 선생님은 웃으며 말했다.

"얘기 좀 할까 해서."

나는 무슨 일인가 싶어 눈만 껌벅였다. 고향숙 선생님이 싱긋 웃으며 말했다.

"네가 잘못한 게 있는 건 아니야. 수학 선생님이 1교시 수업 끝나고 나한테 와서 유리가 무슨 일 있냐고 물어보시더라."

무슨 말인가 싶었다. 1교시는 체육이었다. 선생님이 능청스레 말을 이었다.

"2교시 세계사 선생님도 수업 끝나고 나한테 와서 유리한테 무

슨 일 있냐고 물어보셨고 3교시 물리 선생님도 수업 끝나고 나한
테 와서 유리한테 무슨 일 있냐고 물어보셨지. 4교시에는 교감
선생님이, 점심시간에는 급식 아주머니들이 한꺼번에 몰려오셔
서 유리에게 무슨 일 있느냐고 물어보셨단 말이지."

나는 웃고 말았다. 웃을 기분이 아니었는데도.

"별일 없어요. 감사합니다."

고향숙 선생님이 붙잡듯이 말했다.

"그러지 말고 얘기 좀 하고 가. 네게서 풍기는 암흑 기운이 우
주를 삼켜 버릴 것 같아."

이제 교실에는 선생님과 나뿐이었다. 뒷문 밖 복도에서 세윤이
창밖을 바라보고 서 있었다. 날 기다리는 건가?

나는 말했다.

"선생님, 미리 말씀 못 드렸는데요. 저 지금 조퇴해야 해요."

"조퇴? 왜?"

"법원에 가야 하거든요."

"법원?"

선생님은 눈을 동그랗게 뜨고 나를 쳐다보았다.

"무슨 일 있니?"

"저 때문은 아니고 동생 때문에요."

"동생? 연우?"

누군가 내 사정을 알아주고 걱정해 주었으면 했다. 이왕 말 꺼낸 거 다 털어놓고 싶었다. 그러면 마음이 좀 나아지지 않을까.

"엄마가 돌아가신 뒤에 경찰이 찾아왔어요. 연우 엄마가 다리에서 떨어지는 사고로 돌아가셨다고 알고 있었는데 그게 아닐 수도 있다고 했고요. 연우가 엄마를 밀었을지도 모른다고 했어요."

"뭐? 밀어? 연우가? 왜?"

"연우 엄마가 연우를 학대했대요. 많이 때렸다고 했고 사실이었던 거 같아요. 엄마가 다리 위에서 연우를 때렸고요, 연우가 미는 장면이 CCTV에 잡혔대요. 경찰은 그걸 사고로 봐야 할지 말아야 할지 헷갈린대요. 소년 법원에서 판사의 판단을 받아야 한다고요. 오늘이 그날이에요. 소년보호재판이라는 걸 하는 날요. 연우 데리고 가 봐야 해요. 연우가 피고인이거든요."

선생님은 내 얼굴을 유심히 들여다보다가 입을 열었다.

"할아버지는?"

"요양 병원에 계시는데 전화를 안 받으세요."

"요양 병원?"

"복막암이래요. 3차 항암 주사를 며칠 전에 맞으셨어요. 지금은 요양 병원에서 회복 중이세요. 수술을 할 수 있을지 없을지 모르겠어요. 수술을 할 수 있으면 다행이라는데 좀 기가 막혔어요. 수술하게 되면 그나마 다행이라니."

선생님은 벌어진 입을 다물지 못했다. 나는 표정을 감추고 싶어서 고개를 숙였다. 코끝이 매웠다.

"유리야."

선생님의 목소리가 가늘게 떨렸다. 선생님은 말을 잇지 못했다. 고향숙 선생님 눈에 고인 눈물을 보는 순간 가슴이 찌르르 아팠다. 아팠는데 후련했다. 이대로 내가 입양됐다는 것까지 말해 버릴까. 그 얘기까지 하면 선생님은 나를 보면서 어떤 표정을 지을까.

선생님은 후, 하고 긴 한숨을 내쉬고는 재판 시간을 물었다. 재판 시간은 오후 네 시였다. 선생님은 핸드폰을 켜고 무언가를 확인했다. 그리고 말했다.

"조퇴 같이 하자."

재판이 끝났다. 나는 연우와 함께 법원 로비로 나왔다. 긴장했던 탓인지 온몸이 노곤했다. 기운이 없기는 나나 연우나 마찬가지였다. 로비에서 기다리던 선생님과 세윤이 우리를 향해 다가왔다. 선생님이 물었다.

"끝났어? 결과는? 판사님이 뭐라셔?"

선생님 뒤에는 세윤이 초조한 얼굴로 서 있었다. 세윤을 조퇴까지 시켜 가며 데리고 온 건 선생님이었다. 이런 자리에는 친구 하나쯤 있어 줘야 한다며 세윤을 꼬드겼다. 연우 일로 법원에 간다고 하자 세윤은 앞뒤 사정도 들어 보지 않고 따라붙었다.

나는 연우의 어깨를 감싸 안으며 말했다.

"잘됐어요. 사고로 보겠다고 하셨고요."

선생님은 가슴을 쓸어내리며 "다행이다. 다행이야." 하고 말했다. 세윤도 긴장이 풀린 얼굴로 내게 다가왔다. 세윤이 내 얼굴을 살피고는 말했다.

"너 울었어?"

나는 조금 고개를 끄덕이고는 연우에게 손을 내밀었다. 연우는 스스럼없이 내 손을 잡았다. 재판정에서 눈물을 한껏 쏟은 연우의 얼굴은 지쳐 보였다. 내 얼굴도 연우와 비슷했을 터였다. 나는 선생님과 세윤에게 자세한 얘기는 나중에 하겠다고 했다. 선생님은 나와 연우, 세윤에게 기운차게 말했다.

"이런 날은 짜장면에 탕수육이지! 연우야, 어때?"

연우는 나를 올려다보았다. 나는 연우에게 속삭였다.

"괜찮아. 얘기해."

연우가 고개를 끄덕이며 "좋아요." 하고 말했다. 선생님은 "오케이! 좋았어!" 하고 말하며 자신이 아는 시내 외곽의 중국 음식 맛집으로 가자고 했다. 가는 데 30분 정도 걸리지만 맛을 보면 시간 투자가 아깝지 않은 곳이라고 했다. 우리는 선생님 차를 타고 교외로 나갔다.

처음 들어가 본 법정은 모든 게 네모진 공간이었다. 적당히 높은 단 위에 판사가 앉아 있었다. 판사는 법정의 주인 같았다. 판사라고 하면 머리가 희끗희끗한 어른을 떠올려 왔는데 소년보호재판에서 본 판사는 포니테일 머리에 금테 안경을 쓴 젊은 여자였다.

재판은 바삐 진행됐다. 판사는 서류를 훑으며 연우에게 어머니를 민 것 같냐고 물었고 연우는 고개만 수그린 채 아무 말도 하지 못했다. 판사는 몸을 앞으로 숙여 마이크에 대고 연우에게 말했다. 그때 상황을 이야기해 볼 수 있겠느냐고. 연우는 "그때, 그날, 제가 나쁜 짓을 해서요." 하는 말로 이야기를 시작하다가 울음을 터뜨렸다.

나는 연우를 달래 가며 진술을 도왔다. 편히 얘기해도 괜찮다고, 뭐든 있는 그대로만 얘기하라고 했다. 법정이었기 때문인지 연우는 내게도 하지 않았던 말을 꺼냈다. 연우의 이야기로 재구성한 그날의 상황은 다음과 같았다.

연우 엄마는, 그러니까 나의 엄마이기도 했던 서정희 씨는 그날 몹시 취했다. 너 같은 도둑놈 새끼는 자식도 아니라며 혀 꼬부라진 소리로 악을 썼다. 마른 개천을 가로지르는 다리에서 서정희 씨는 꺾은 나뭇가지와 손과 발로 연우를 몹시 때렸다. 그리고 다리 난간 앞에 서서 두 팔을 벌리고 연우에게 소리를 질렀다.

나도 살고 싶지 않아. 날 죽여. 여기에서 밀어 버려. 밀어 버려.

고요한 법정에 흐느끼는 연우의 목소리가 울렸다.
"그래서, 엄마를, 밀었어요."
그다음 상황은 우리 집에 찾아왔던 경찰이 설명한 대로였다. 서정희 씨는 연우를 걷어차려다 균형을 잃었고 다리 아래로 떨어졌다. 연우는 떨어진 엄마를 내려다보다가 도망쳤다. 엄마가 자신에게 어떤 벌을 줄지 몰라 무서웠다고 했다. 엄마가 죽을 줄은 몰랐다고 했다.
연우는 몹시 울었다. 각진 법정에 연우의 울음소리가 조용히 울려 퍼졌다. 판사는 딱하다는 투로 내게 동생을 잘 돌봐 주라고 말했다. 학교에 상담프로그램이 있을 테니 신청해 보라고 조언했다.
도로 양옆의 푸른 풍경을 바라보며 나는 엄마 서정희 씨를 생각했다.
죽고 싶을 만큼 힘들었단 말이지.

죽을 정도로 힘들면 자기 아이도 습관처럼 학대할 수 있는 건가. 연우의 몸에서 보았던 멍 자국들이 떠올랐고 차창에 비친 내 얼굴이 일그러졌다. 만약 서정희 씨가 그렇게 말한다면 같잖은 핑계 집어치우라고 말해 주고 싶었다. 그래도.

엄마 서정희 씨가 힘든 삶을 살게 된 이유는 궁금했다. 어디에서부터 어긋났던 걸까. 연우의 아빠는 어디에서 뭘 하고 있을지도 궁금했다. 자기 아들이 법원에서 엄마를 밀 수밖에 없었다며 토하듯이 우는데, 아빠라는 작자는 대체 어디에서 무엇을 하고 있는지. 화가 치밀어 올랐다.

입가에 짜장 소스를 잔뜩 묻힌 채 단무지를 씹는 연우를 보며 나는 설핏 웃었다. 아까 울던 모습은 어디 갔나 싶었다. 저런 회복탄력성이라면 상처도 빨리 낫지 않을까, 바라는 마음으로 생각했다.

세윤도 말이 많았다. 연우 덕분이었다. 연우가 아니었다면 무거운 정적 속에서 젓가락질만 했을 것 같은데 식탁은 분위기가 제법 환했다. 선생님과 나는 이따금 연우를 보며 웃었고 세윤도 연우에게 어렵잖게 말을 걸었다. 연우의 젓가락질을 보고는 "우리 같은 젓가락질이야!" 하고 말하며 눈을 동그랗게 떴다. 나는 비슷한 방향으로 잡혀 있는 둘의 젓가락을 보며 피식 웃고 말았다.

조금 먹고 나니 배가 불러서 먹을 수가 없었다. 선생님은 내게 눈을 흘겼다.

"유리 너는 살 좀 붙어야 해."

고향숙 선생님은 "살이 찌려면 말이지, 배가 부르다 싶을 때 조금 더 먹어 주는 습관을 들여야 하는 거야." 하고 말하며 자신의 배를 손으로 퉁퉁 두드렸다. 우리는 다 같이 웃었다. 선생님은 계산하면서 군만두를 포장해 달라고 했다.

연우는 차 안에서 내 허벅지에 머리를 대고 곤히 잠들었다. 다시 시내로 돌아왔을 때는 일곱 시가 훌쩍 넘었다. 사위가 어둑해졌고 길가의 불빛이 훤했다. 선생님은 궁전아파트에 세윤을 먼저 내려 주었다. 나는 핸드폰을 꺼내어 세윤에게 보낼 메시지를 찍었다.

—내가 왜 유명한지 알려 줘.

세윤은 고향숙 선생님에게 인사를 했다. 세윤은 내게도 "오늘 수고했어. 내일 봐." 하고 말했다. 나는 대답 대신 문자메시지를 전송했다. 차에서 내린 세윤이 자기 핸드폰을 꺼내는 게 보였다. 나는 한 문장 더 적었다.

—알려 주지 않으면 다 엎어 버릴 거야.

전송 버튼을 누르고 나자 속이 시원했다. 세윤이 내 요구를 거절하지 못할 거라는 확신이 섰다. 나는 뒷좌석 시트에 등과 뒷머리를 댔다. 굳었던 어깨가 풀리는 것 같았다. 선생님은 "그럼 우리 동네로 가 볼까?" 하고 말하며 골목길을 벗어났다. 과속방지 턱을 밟은 차가 부드럽게 출렁였다. 연우는 깨지 않았다.

차 지붕에서 툭, 툭, 무언가 끊어지는 듯한 소리가 연이어 들렸다. 곧 빗방울이 차창에 비스듬한 선을 그었다.

"비가 오네?"

투둑, 투둑 하는 소리가 이어지더니 조금씩 빗발이 거세어졌다. 집으로 가는 길은 퇴근하는 차들로 북적였다. 빨간 조명을 켠 차들이 도로에 길게 늘어섰다. 고향숙 선생님은 운전대를 쥐고 고개를 빼며 "어디 사고라도 났나?" 하고 중얼거렸다.

사고가 났으면 했다. 잠든 연우의 고른 숨소리와 안락한 시트가 좋았다. 아무것도 하지 않아도 되는 지금 이 순간이 계속됐으면 했다. 이수빈이라는 이름이 적힌 상자와 할아버지의 몸에 자라난 암 덩어리를 까만 어둠 속에 밀어 넣어 버리고 모른 척하고 싶었다. 이제까지 그래 왔던 것처럼.

나는 눈을 감았다. 이따금 속도를 냈다 줄였다 하는 차의 리듬도 좋았다. 흔들리는 요람 속에 있다면 이런 기분이 아닐까 싶었다. 선생님이 우리 집 사정에 대해 아무것도 묻지 않아 주어서 고마웠다. 문득 선생님의 사정이 궁금했다. 고향숙 선생님의 지난 삶도 궁금했다. 선생님의 이야기가 듣고 싶었다.

"선생님."

"왜?"

"죽을 만큼 힘들었던 적 있으세요?"

백미러에 나를 쳐다보는 선생님의 눈이 비쳤다.

"유리, 죽을 만큼 힘들어?"

"아뇨. 제 얘기는 아니고요."

엄마 서정희 씨를 떠올리면서 물은 질문이었다. 서정희 씨는 어느 정도로 힘들었을까. 극복하기 어려울 만큼이었을까. 얼마나 힘들면 자기 아들에게 혀 꼬부라진 소리로 날 죽이라고 말하게 되는 걸까.

고향숙 선생님이 대답했다.

"그럼 있지. 왜 없어."

정말요? 하고 다시 물으려다 말았다. 선생님 나이는 예순에 가까웠다. 살아오면서 많은 일을 겪었을 터였다. 선생님을 둘러싼 소문들이 떠올랐다. 사실이든 아니든 그런 소문이 날 정도의 일들을 겪었다면 죽을 만큼 힘들었다고 말하게 되지 않을까.

앞좌석에서 선생님의 목소리가 들렸다.

"세상에 별별 일이 다 있어. 나한테도 나쁜 일이 일어났지. 젊고 어렸을 때는…… 그런 일들이 내게 일어날 거라고는 한 번도 생각해 본 적이 없었거든?"

선생님은 코웃음을 흘리며 말했다.

"그런데 갑자기 닥치더라. 준비할 새도 없이."

선생님은 잠시 말이 없었다. 차 안에는 백색소음 같은 엔진 소리와 곤히 잠든 연우의 숨소리만 들렸다.

"궁금하지? 어떤 일들이었는지."

궁금하다고 함부로 말할 수가 없었다. 선생님 정말 음주 운전 하셨어요? 선생님 이혼하신 거 불륜 때문이라는 말, 정말 맞아요? 나는 그렇게 물을 만큼 잔인하고 생각머리 없는 아이는 아니었다.

"애들이 내 뒷이야기 하고 다니지 않던?"

선생님은 다 알고 있는 것처럼 말했다. 나는 말문이 막혔다. 그렇다고 말하기도, 그렇지 않다고 말하기도 어려웠다.

선생님은 조금씩 끊어 가며 말했다.

"난 말이지. 그런 소문들이 다 진짜라고 해도, 그 정도는 아무것도 아니라고 할 수 있을 만큼 힘든 일도 겪어 봤어."

선생님은 백미러로 내 얼굴을 쳐다보며 눈웃음을 쳤다.

"어때. 대단하지?"

나는 아무 말도 할 수가 없었다. 선생님의 말이 이어졌다.

"그 정도면 죽을 만큼 힘들었다고 말할 수 있을 것 같은데, 그것보다 더 독한 일들이 세상 곳곳에서 벌어지더라. 일단 우리는 전쟁은 겪고 있지 않잖아. 지독한 곳에 끌려가서 고문을 당하는 것도 아니고. 그래서 내가 겪은 일로 죽어 버리겠다고 말하기는 나는 좀 그래. 하지만 유리야. 사람마다 느끼는 고통은 각각 다른 것 같더라. 감당해 낼 여건도 다르고. 설령 나와 비슷한 상황에서 죽음을 선택한 사람이 있다고 해도 함부로 말할 수는 없을 거야."

길이 열리기 시작했다. 선생님은 조금씩 속도를 내며 비슷한 말을 반복했다.

"살아온 길이 저마다 다르니까 함부로 판단할 수는 없을 것 같아. 나는 그 사정을 알 수가 없잖니."

나는 내 허벅지에 얹힌 연우의 머리를 쓰다듬었다. 연우의 지난 삶을 생각했고 연우가 살아가며 겪게 될지 모를 무수한 어려운 일들을 생각했다. 목이 메어 왔고 눈물이 돌았다. 엄마 서정희 씨의 삶을 생각했다. 내가 살아가야 할 삶도 생각했다. 나는 목청을 가다듬으며 말했다.

"고맙습니다. 선생님."

"에이. 뭘. 그리고 유리야. 나도 하나 궁금한 게 있는데."

나는 운전석을 쳐다보았다.

"혹시, 네 어머니와 연우 어머니가 다르니?"

선생님은 그걸 어떻게 알아차리셨을까. 감추고 싶었던 걸 물어

본 것이었는데도 이상하게 하나도 불쾌하지 않았다. 당황스럽지도 않았다. 문득 세윤의 입양 사실을 들었을 때 주봉이 보였던 반응이 떠올랐다. 별일 아닌 것처럼 이야기해도 될 것 같았다. 선생님에게는 무슨 이야기를 해도 괜찮을 것 같았다.

주저하는 내 마음을 알아차린 선생님은 싱긋 웃으며 나중에 마음 내킬 때 얘기해 주면 좋겠다고 말했다. 선생님의 마음 씀씀이가 고마웠다. 다음에 말씀드리겠다고 대답하자 선생님은 "약속한 거다?" 하고 말하며 확인을 받았다. 선생님은 잠시 뜸을 들인 뒤 다시 입을 열었다.

"있잖아. 유리야."

나는 백미러에 비친 선생님의 서글서글한 눈을 바라보았다.

"너무 힘들 때는 웃으려고 애써 봐."

"네?"

"힘들 때 웃는 거, 효과가 상당해. 이거 경험담이야."

나는 선생님의 모니터 바탕화면에 깔려 있던 코믹 재난 영화 포스터를 떠올렸다. 얼마나 힘들어야 웃음으로 고통을 포장하게 될까 생각했고 선생님의 모를 삶과 후회조차 할 수 없게 된 엄마 서정희 씨를 생각했다.

나는 연우의 얼굴을 가린 머리칼을 걷어 냈다. 연우에게서 엄마 서정희 씨가 보였지만 예전처럼 마음이 무겁지 않았다. 나는 죽은 사람을 두고두고 미워할 정도로 독한 사람이 아니었고 그래서 다행이다 싶었다.

어느새 비가 그치고 차가 달리기 시작했다.

22

주봉이 식판을 내려놓으며 물었다.

"싸웠냐?"

나는 된장국을 퍼먹으며 말했다.

"무슨 소리야?"

"왜 미희랑 나한테 역할 분담 같은 거 하게 만들고 그래?"

나는 고개를 들어 급식실을 둘러보았다. 대각선 맞은편 식탁
에 세윤이 앉아 있었고 식판을 든 미희가 우리 쪽과 세윤을 번
갈아 보며 우물쭈물하고 있었다.

세윤은 오전 내내 나를 피했다. 나와 눈도 마주치지 않았다. 쉬
는 시간 복도에서 마주칠라치면 어쩔 줄 몰라 하다가 엉뚱한 교
실로 쑥 들어가 버리기도 했다. 의외로 우스운 데가 있는 애였다.

주봉이 된장국을 떠먹고는 크으, 하는 소리를 냈다. 주봉과 나
는 말 한마디 나누지 않고 차근차근 식판을 비웠다. 세윤 쪽은 쳐

다보지도 않았다. 나는 먼저 식판을 들고 일어서며 말했다.

"이따가 세윤이한테 말 좀 전해 줘."

주봉이 나를 올려다보았다. 순박해 보이는 눈망울이 귀여워서 하마터면 웃음이 날 뻔했다.

"내 요구를 들어주지 않으면 정말 다 엎어 버리는 수가 있다고."

주봉이 눈을 껌벅거렸다.

"엎어? 뭘? 요구? 뭘?"

"그런 게 있어."

나는 식판을 들고 퇴식구로 걸어갔다. 정말로 엎어 버릴 작정은 아니었지만 그래도 대답은 듣고 싶었다. 나를 어떻게 알고 있었는지. 내가 무엇으로 유명했는지. 이제는 들어도 괜찮을 것 같았다.

나는 가방을 싸면서 세윤을 쳐다보았다. 세윤은 미리 준비해 둔 것처럼 종례가 끝나자마자 교실 밖으로 나갔다. 나는 초등학교 앞에서 돌봄교실에서 나온 연우를 만났다. 연우 얼굴은 좋아 보였다.

우리는 집으로 가는 버스에 올랐다. 연우와 내가 즐겨 앉는 맨 뒷자리가 다 차 있어서 우리는 앞뒤로 앉았다. 나는 차창 밖 풍경을 바라보았다.

세윤에게서는 아무런 대답이 없었다. 주봉이 말을 전했을 텐데도 내가 다가갈라치면 빌빌거리며 교실 밖으로 나가 버렸다. 아무리 그래도 그렇지 쉬는 시간마다 교실 밖으로 나가서 10분 꽉 채우고 돌아오는 건 너무하지 않나?

아무런 반응이 없는 건 할아버지도 마찬가지였다. 전화해도 받지 않았고 엄마 아빠를 찾으러 가겠다는 음성메시지에도 이렇다 할 답이 없었다. 할아버지가 없어도 2년 뒤면 나를 낳은 부모를 찾을 수 있었지만 나는 지금 알고 싶었다. 성년이 되기 전에 부모님을 찾으려면 할아버지의 동의가 필요했다.

나는 아마도 내 것이었을 이름을 되뇌었다.

이수빈.

그 이름 하나만으로도 위로가 됐다. 어지러웠던 마음도 이틀이 지나면서 안정을 되찾았다. 이런 마음이라면 엄마 아빠를 만나도 큰 사고 치지 않을 것 같았다. 엄마를 붙들고 오열하거나 같이 살자고 매달리지 않을 것 같았다. 지금까지 살아왔던 대로, 엄마는 엄마대로, 아빠는 아빠대로, 나는 나대로 쭉 살아갈 수 있을 것 같았다. 그래도 궁금한 건 꼭 물어보고 싶었다.

엄마와 아빠는 어째서 나를 포기했을까.

그 이유가 궁금했다. 아무리 한심한 이유라 하더라도 사실을 알고 싶었다. 그 이유가 초라하고 어이없더라도 거기에서부터 나는 시작하고 싶었다. 어차피 피해 갈 수 없다면 마주하는 게 나을 것 같았다. 그래도 괜찮을 것 같았다. 더 나빠질 일 따위는 없을 것 같았다. 기껏해야 내 존재가 조금 더 안타깝게 느껴지는 정도일 테고 그 정도라면 어렵잖게 감당할 수 있을 것 같았다.

나는 앞좌석에 앉은 연우에게 물었다.

"점심 뭐 먹었어?"

연우는 몸을 돌리고는 고개를 갸웃거렸다. 나는 피식 웃으며 말했다.

"좀 전에 먹은 게 생각이 안 나?"

"생각은 나는데 이름을 모르겠어. 밥이랑 김치랑 도라지 나온 것까지는 알겠는데 국이."

국 이름을 몰라서 대답을 못 하고 있다는 말이었다.

"국에 뭐 들어갔는데?"

"해물산."

"해산물?"

"아 맞다. 해산물. 오징어랑 비슷한데 그거보다는 작았어. 맑은 국이었는데."

"무 들어갔어?"

"응."

"미나리는?"

"미나리? 그게 뭐야?"

"있어. 초록색 나물."

"있긴 있었어. 조금 질겼어."

나는 입꼬리를 올렸다.

"연포탕인가 보네. 낙지 들어간 거. 두부도 들어갔지?"

연우가 손을 맞부딪치며 환한 얼굴로 말했다.

"맞다. 연포탕. 그럼 그게 미나린가 보다. 냄새나는 풀."

"냄새 어땠어?"

"괜찮았어."

"대단한데? 난 그거 처음에 못 먹겠던데."

"진짜? 난 다 먹었어."

다 먹었다고 말하는 연우의 얼굴은 의기양양했다. 가슴이 기
분 좋게 아렸다. 문득 연우가 내게 존댓말을 쓰지 않고 말한다는
걸 알아차렸다. 아침까지만 해도 연우는 내게 존댓말을 썼다. 나
는 차창 밖의 고속도로 풍경을 쳐다보며 속으로 가만히 웃었다.
내일쯤 되면 연우는 "안녕히 주무셨어요." 하지 않고 "누나, 잘 잤
어?" 하며 아침 인사를 할 것 같았다.

연우와 나는 버스에서 내려 집으로 가는 골목에 들어섰다. 연
우는 콧노래를 흥얼거리며 폴짝폴짝 뛰었다. 나는 연우의 등에

서 덜렁거리는 가방을 보며 조금 웃었다.

　재판 결과가 나온 뒤로 연우는 눈에 띄게 밝아졌다. 엄마 일로 재판을 받아야 한다는 게 연우에게도 큰 부담이었던 모양이었다. 밝아졌어도 걱정은 걱정이었다. 엄마 서정희 씨와의 일들이 연우에게 트라우마를 남겼을 것 같았다. 선명하게 각인된 기억이 두고두고 연우에게 나쁜 영향을 미치면 어쩌나 싶었다. 연우를 잘 돌볼 자신은 없었지만 연우를 지켜 주고 싶은 마음이 들어서 버렸다는 것만큼은 부정할 수 없었다.

　나는 연우의 뒷모습을 바라보며 집으로 향하는 회색 길을 걸었다. 이젠 연우가 익숙했다. 세희네에 사과하러 간 뒤로도 두어 번 연우가 뾰족한 모습을 내비치며 내 신경을 긁어 댄 적이 있었지만 한번 호되게 겪어 봤기 때문인지 큰 소리 내지 않고 지나갈 수 있었다. 조금씩 편안해지는 연우의 표정과 목소리를 느낄 때마다 가슴 한구석이 위로받는 기분이 들기도 했다. 공부 쪽으로는 보람이 없긴 했지만.

　골목을 돌자 집 앞에 할아버지의 은색 택시가 보였다. 연우가 "할아버지 여행 갔다 오셨나 보다." 하고 말했다. 연우의 걸음이 빨라졌다. 가슴이 두근거렸다. 할아버지를 만나면 무슨 말부터 해야 할까 생각했다. 3차 치료 결과를 보고 수술 여부를 결정할 거라고 했다. 수술을 할 수 있을지 알고 싶었다. 엄마 아빠에 대해서도 물어야 했다. 엄마가 어디 있는지 아느냐고, 아빠 연락처가 있다면 달라고 말하고 싶었다.

연우와 나는 대문을 열고 안으로 들어갔다. 현관문이 반쯤 열려 있었다. 연우가 할아버지! 하고 부르며 앞서 걸어갔다. 나도 뒤따라 현관으로 들어갔다.

"할아버지! 할아버지!"

연우가 거실로 올라가 할아버지를 찾았다. 소리쳐 할아버지를 찾는 연우를 보는데 입가에 미소가 올라갔다. 할아버지가 좋아할 것 같았고 연우에게 고마운 마음마저 들었다.

운동화를 벗던 나는 우뚝 멈춰 섰다.

현관문 안에 구두가 두 켤레였다. 낡아 빠진 것은 할아버지 구두였고 반짝이는 건 처음 보는 것이었다. 2층 문 열리는 소리가 났고 삐걱거리는 소리가 들렸다.

"아버님, 조심하세요."

남자 목소리에 발걸음이 멈칫거렸다. 연우가 슬금슬금 내 옆으로 다가왔다. 연우와 나는 계단을 올려다보았다. 검은 양말과 양복바지가 보였고 할아버지의 맨발과 회색 운동복 바지가 보였다. 남자는 할아버지의 손을 잡고 조심조심 내려오고 있었다. 할아버지는 헌팅캡을 눌러쓴 모습이었는데 모자 아래로 늘어지곤 했던 머리칼이 하나도 보이지 않았다.

할아버지를 부축하고 내려오는 남자는 어두운색 양복 차림이었다. 호리호리했고 인상이 멀끔했다. M자로 쑥 올라간 헤어라인에 눈이 갔다. 나와 눈이 마주친 아저씨는 입가에 미소를 올리며 말했다.

"네가 유리구나? 맞지?"

목소리가 부드러웠다. 누군지 알 것 같았다. 아저씨 얼굴에서 연우의 얼굴이 보였다. 아저씨는 연우 앞에 한쪽 무릎을 꿇고는 연우와 눈높이를 맞췄다. 연우는 내 손을 찾아 쥐었다. 연우를 바라보는 아저씨의 얼굴은 몹시도 복잡해 보였다.

나는 할아버지를 쳐다보았다. 할아버지는 두어 번 기침을 하고는 나와 연우에게 말했다.

"인사해라. 연우 아빠다."

23

어색한 만남은 짧았다. 다행히도.

연우 아빠는 할아버지에게 깍듯이 인사를 했고 마당으로 나가
집을 한번 둘러보았다. 연우 아빠는 "아버님, 집이 참 좋네요!" 하
고 말하면서 잇몸을 드러내고 웃었다. 나는 거실 유리창으로 할
아버지와 연우, 연우 아빠의 모습을 바라보았다. 연우는 할아버
지 손을 잡고 처음 보는 아빠라는 사람을 배웅했다. 연우 아빠는
잔뜩 굳은 연우를 끌어안고 등을 토닥였고 연우의 정수리 머리
칼을 함부로 흐트러뜨리며 무어라 말을 건넸다.

나는 주방으로 가서 저녁 준비를 했다. 쌀을 씻어 밥을 안치
는데 밥솥에 쌀을 몇 컵 부었는지 헷갈렸다. 현관문이 바닥 긁
는 소리를 냈다. 할아버지가 2층으로 올라가면서 내게 말했다.

"난 됐다."

나는 뒤를 돌아보았다. 연우는 거실에 가만히 서서 나를 쳐다

보았다. 얼떨떨한 얼굴이었다. 내게 무언가를 묻는 얼굴이었는데 연우가 무엇을 물어봐도 대답해 줄 말이 없었다. 계단 삐걱거리는 소리가 울렸고 2층 문 닫히는 소리가 났다. 연우는 계단을 쳐다보다가 다시 나를 바라보았다.

나는 연우에게 말했다.

"방에 잠깐 가 있을래? 저녁은 어제 가져온 군만두랑 먹자."

연우는 고개를 끄덕이고는 자기 방으로 들어갔다. 나는 의자에 걸쳐 둔 수건에 손을 닦았다. 내 방으로 들어가 교복을 벗고 긴팔 흰 면 티와 검은 운동복 바지로 갈아입었다. 허리춤에 양손을 올리고 창밖 마당을 바라보며 잠시 뒤죽박죽이 된 마음을 가다듬었다.

할아버지의 치료가 어찌 됐는지, 연우 아빠라는 사람은 어떤 사람인지 확인해야 했다. 나의 친부모에 대해서도 묻고 싶은 게 많았지만 지금은 이게 먼저였다. 나는 2층으로 올라가 문을 두드렸다.

"할아버지, 저예요."

대답은 바로였다.

"들어와라."

나는 문을 열고 2층 거실로 들어갔다. 할아버지는 소파에 앉은 채 나를 올려다보았다. 기다리고 있었던 것 같았다. 할아버지는 얼굴을 찡그리며 말했다.

"사이다 같은 거 있니?"

할아버지는 고개를 가로젓는 날 보며 "앉아라." 하고 말했다. 나는 소파 앞에 앉아 할아버지를 올려다보았다.

"치료는요?"

할아버지는 괴로운 표정을 지으며 대답했다.

"나중에 검사받고 수술 여부를 결정할 거다."

"수술할 수 있어요?"

"운이 좋으면."

할아버지가 소파에서 내려와 바닥에 앉으며 말했다.

"커피 있니? 커피 믹스."

평소에는 거들떠보지도 않으셨던 사이다와 커피였다.

"잠시만요."

나는 주방으로 내려와 머그잔에 물을 담고 전자레인지에 돌렸다. 김이 오르는 컵에 커피 믹스를 붓고 젓가락으로 휘휘 저었다. 고동색 알갱이들이 흰 거품을 끌다가 아래로 가라앉았다. 나는 다시 계단을 올라가 할아버지에게 커피를 건넸다.

할아버지는 후, 하고 입김을 불고는 커피를 조금 들이켰다. 나는 할아버지 앞에 책상다리를 하고 앉았다.

"정말 연우 아빠예요?"

할아버지는 신음 소리를 흘리고는 대답했다.

"겨우 찾았다."

"어떻게 찾으셨어요?"

"돈 주면 사람 찾아 주는 데가 있어."

"뭐래요?"

"무슨 말이냐?"

"어떻게 된 거냐고요. 어째서 연우를 책임지지 않은 거냐고요."

할아버지는 퀭한 눈으로 나를 쳐다보았다. 목덜미에 예전에는 보이지 않았던 거뭇한 반점들이 돋아나 있었다. 할아버지는 숨을 몰아 내쉬며 입을 열었다.

"재혼하고 나서야 알았다고 하더라. 연우가 있다는 걸. 연우 엄마가 죽은 건 몰랐고."

재혼을 했다니. 나는 한 손으로 이마를 짚었다. 머리가 와글거렸다. 나는 다시 물었다.

"뭐 하는 사람이래요?"

"장사."

"무슨 장사요?"

할아버지는 나를 가만히 쳐다보았다. 나는 할아버지의 시선을 피하지 않았다. 노릇한 기운이 탁하게 서린 할아버지의 눈자위가 안타까웠다. 할아버지는 무덤덤한 얼굴로 말했다.

"그냥 물장사. 애가 둘이고 부인도 있고. 연우를 그 집에 보내려고 한다."

할아버지는 핵심 정보만 털듯이 쏟아 놓았다. 물장사가 뭘 말하는지 알 수 없었지만 어쩐지 느낌이 별로였다. 부인과 아이 둘이 있는 집에서 연우가 홀대받지 않을까 하는 걱정이 올라왔다.

"받아 준대요?"

할아버지가 짧은 한숨을 내쉬고 입을 열었다.

"그래도 혈육이다. 다행히 그 집 애들이 어려."

나는 낯선 가족 틈에 낀 연우의 모습을 떠올렸다. 상상 속 그 장면은 하나도 달갑지 않았다.

"그건 좀 아닌 거 같아요."

할아버지는 짜증 서린 얼굴로 나를 쳐다보았다.

"그럼 어쩐단 말이냐."

말문이 막혔다. 할아버지는 쿨럭거리며 기침을 했다. 손등으로 입가를 닦은 뒤 침을 힘겹게 삼켰다. 할아버지는 위엄을 갖춘 굵은 목소리로 말했다.

"말한 대로다. 넌 네 공부 잘하고 네 갈 길 가면 돼. 연우는 연우대로 살 테니까."

어이가 없었다. 배신감마저 들었다. 할아버지의 말이 이어졌다.

"독립 걱정은 안 해도 된다. 연우가 그 집에 가도 네게 약속한

돈은 틀림없이 줄 거야."

또 저 얘기. 기가 막혔다. 해도 너무하는 거 아닌가 정말.

속에서 무언가가 꿈틀거렸고 넌더리가 났다. 연우, 공부, 대학, 독립, 돈, 할아버지고 뭐고 다 날려 버리고 싶었다. 나는 한 손으로 얼굴을 가렸다.

"할아버지. 제발."

"제발 뭐."

나는 할아버지의 얼굴을 노려보았다. 할아버지는 이 상황에서도 단단하기 그지없는 얼굴이었다. 지긋지긋한 저 얼굴이 깨지는 걸 보고 싶었다. 할아버지의 얼굴에 두려워하고 슬퍼하고 절망하는 표정이 나타나는 걸 보고 싶었다. 가면이 아닌 진짜 얼굴을 보고 싶었다. 머리 한쪽이 쿡 쑤셨고 왼쪽 이마의 흉터가 붉게 달아오르는 것 같았다.

나는 애써 누른 목소리로 말했다.

"돈 얘기 좀 그만해요."

할아버지는 인상을 쓰며 말했다.

"뭐라고? 말을 하려면 알아듣게 해라."

나는 소리를 질러 버렸다.

"돈 얘기 좀 그만하라고요!"

갑작스러운 내 반응에 할아버지의 눈이 커졌다. 나는 입에서 나오는 대로 말을 쏟아 냈다.

"저도 빨리 나가고 싶어요! 이 집안이 지긋지긋해요! 왜 데려온 거예요? 거두기로 했으면 제대로 좀 해 주든가!"

할아버지의 처진 눈가가 실룩거렸다. 나는 목소리를 높여 또박또박 물었다.

"제 음성메시지 들으셨죠?"

할아버지의 시선이 옆으로 돌아갔다.

"제 원래 이름이 수빈이에요?"

할아버지의 뺨이 실룩거렸다. 컴컴한 눈빛에 후회와 회한 같은 감정이 일렁이는 것 같았다. 나는 계속해서 말을 쏟아 냈다.

"봤어요. 옷장 구석에 있던 상자에서요. 맞죠? 그거 제 거 맞죠?"

할아버지는 입을 꾹 다물었다.

"우리 엄마 전화번호 아세요? 아빠 전화번호나 주소 같은 거 있어요? 혹시 저 몰래 연락 주고받고 그런 건 아니죠? 알면 알려 주세요. 당장요."

할아버지의 얼굴이 완전히 일그러졌다. 할아버지의 얼굴에 서린 고통스러운 기색이 반가웠다. 이건 기분이었다. 나는 허리를 세우고 가슴을 폈다. 할아버지가 뭐라고 하든 물러서지 않을 생각이었다.

할아버지는 숨을 깊이 들이마셨다가 천천히 내쉬었다. 몇 번 입술을 열었다가 닫았다 했다. 할아버지는 주저하고 있었다. 할아버지는 내 눈을 정면으로 바라보고 나서야 마침내 결심이 섰다는 듯이 입을 열었다.

"수빈이는."

나는 할아버지의 입을 쳐다보았다. 할아버지는 갈라진 목소리로 말했다.

"정희 딸이었다."

"네?"

나는 눈을 껌벅였다. 이수빈이 엄마 서정희 씨의 딸이라니. 처음에는 무슨 말인지 알아들을 수가 없었으나 이내 얼굴이 확 달아올랐다.

내가 아니었다.

내가 내 것인 줄 알고 울고불고했던 배냇저고리와 포대기와 이수빈이라는 이름은 내 것이 아니었다는 말이었다.

할아버지는 곤혹스러운 얼굴로 나를 쳐다보았다.

"나는 정희에게 좋은 아비가 아니었다. 정희 어미에게 좋은 남편도 아니었지. 정희가 이 모든 일을 감당하지 못한 건 결국 내 책임인 거다. 너를 입양하는 게 좋은 결정은 아닐 거라고 말렸다. 하지만 그 애를 말릴 수가 없었다. 제정신이 아니었지. 그때는 너를 간절히 원했다. 결국 그게 정희를 망치긴 했다만 누굴 원망하겠니."

할아버지는 머그잔을 들어 입가로 가져갔다. 나는 내게 쏟아진 할아버지의 말을 되짚었다. 나를 입양했기 때문에 서정희 씨가 망가졌다는 말로 들렸다. 할아버지는 평소와 달리 말을 더듬었고 자주 눈을 깜박였다. 할아버지는 할아버지대로, 나는 나대로 정신이 없었다. 컵을 내려놓는 할아버지의 손이 떨렸다. 손의 떨림이 할아버지의 감정 때문인지, 몸 상태 때문인지 알 수 없었다. 할아버지는 교자상 끄트머리를 노려보며 잠시 입을 다물었다.

할아버지는 헌팅캡을 벗었다. 나는 흠칫 놀랐다. 머리칼이 없는 할아버지의 머리를 보기는 처음이었다. 할아버지는 머리를 손으로 쓸며 말을 이었다.

"너를 반대했던 건 정희가 감당하지 못할 거라고 생각했기 때문이야. 수빈이는 죽었다. 사고 때문이었어. 수빈이만 세상을 떠난 게 아니야. 수빈이 아비도 그 일로 갔다. 그걸 네 부모 탓으로 여기지는 않았다. 그건 그냥 벌어진 일이었다. 누구 탓을 할 일이 아니었어. 정희는 너를 입양하는 게 신의 뜻이라고 했다. 그래, 정희가 그때는 그런 말을 하기도 했지."

할아버지의 말은 뒤죽박죽이었다. 얼른 알아듣기가 어려웠다.

어지러웠고 아찔했다. 이마 흉터가 욱신거렸다. 할아버지는 힘겹게 몸을 일으켰다. 당장에라도 쓰러질 것처럼 위태로웠다.

"나머지 얘기는 나중에 하자."

그때였다.

주머니에서 핸드폰이 지잉— 하고 울었다. 나는 핸드폰을 꺼냈다. 세윤의 문자메시지였다.

—네게도 직면할 필요가 있는 것 같아서. 내가 그런 것처럼.

짧은 메시지 아래에 유튜브 동영상 링크가 붙어 있었다. 링크 위에 붙은 네모난 섬네일은 TV 아침 방송 프로그램 이미지였다. 섬네일 왼쪽 상단에는 '입양의 날 특집'이라는 문구가 붙어 있었고 오른쪽 상단에는 KBS라는 로고가 보였다.

동영상 링크 아래에 세윤의 메시지가 하나 더 올라왔다.

—그 아기가 너야.

24

내 방으로 들어와 컴퓨터를 켰다. 세윤이 보내 준 동영상 링크를 클릭하자 영상이 재생됐다.

남자 진행자와 여자 진행자가 인사말을 했고 카메라가 스튜디오를 비추었다. 무대에는 작은 탁자와 의자가 다섯 세트 놓여 있었고 각 탁자마다 부모와 아이들이 가족 단위로 앉아 있었다. 모두 입양 가족들이었다. 입양의 날을 맞아 입양으로 가족을 이룬 사람들의 사연을 나누는 프로그램이었다. 가족들 중에는 할아버지와 서정희 씨, 그리고 세윤이 나라고 했던 아기도 있었다.
아기는 분홍 나비 리본 머리띠를 하고 어리둥절한 얼굴로 산뜻한 스튜디오를 둘러보고 있었다. 할아버지는 굳은 얼굴이었다. 서정희 씨는 무릎 위에 앉힌 아기를 쓰다듬으며 긴장한 표정으로 앉아 있었다.

나는 젊은 서정희 씨를 보았다.

연우를 학대할 사람으로 보이지 않았다. 나를 입양한 뒤에 도 망치듯 떠나 버릴 사람 같지도 않았다. 평범한 사람이었고 눈매 가 고왔다.

카메라가 아기 얼굴을 클로즈업했다. 아기는 작은 손가락을 입 에 물었다가 웃음 짓는 서정희 씨를 향해 손을 뻗었다. 나는 영 상 재생을 멈췄다.

정지된 화면에 잡힌 어린 내 모습을 바라보았다. 내게는 옛 사 진이 한 장도 없었다. 어린 시절 내 모습을 보는 건 처음이었다. 너무 예뻤다. 나는 손을 뻗어 모니터의 스크린을 쓰다듬었다. 동 그란 이마와 깜작거리는 눈, 작고 도톰한 코와 반쯤 벌린 입 안에 서 반질거리는 혀가 너무도 예뻤다.

문득 세윤의 말이 떠올랐다.

네게도 직면할 필요가 있는 것 같아서. 내가 그런 것처럼.

나는 천장을 올려다보았다. 가슴이 두근거렸다.

과거로부터 도망칠 수 없다면 세윤의 말대로 직면하는 게 나 았다.

나는 다시 재생 버튼을 눌렀다.

25

진행자 1   다음 가족 사연 만나 보겠습니다. 작년 크리스마스
           였죠. 경부고속도로에서 사고가 났습니다. 1.5톤 트
           럭과 승용차가 추돌한 사고였죠. 트럭에는 젊은 부
           부와 아기가 타고 있었고요. 승용차에는 서정희 씨
           부부와 아기가 타고 있었습니다. 큰 사고였는데요.
           안녕하세요?
진행자 2   몸은 괜찮으세요? 사고 난 지 반년 정도 지났는데요.
서정희   네. 괜찮아졌어요. 유리도요. 이마에 흉터가 생겼지
           만요. 유리가 이 정도만 다친 게 기적이라고 하더라
           고요.
진행자 2   마음은 좀 어떠신가요?
서정희   극복하는 중이에요. 유리 덕분에 좀 더 빨리 회복하
           는 것 같아요.

진행자 1	아, 이것 참. 함부로 묻기도 조심스럽습니다만, 사고가 어떤 사고였는지 물어봐도 될까요?
서정희	밤이었고요, 빗길이었어요. 고속도로였고요. 도로에 타이어가 떨어져 있었어요.
진행자 1	타이어가요? 어이쿠.
서정희	운전하던 남편이 타이어를 피했어요. 뒤에서 따라오던 트럭도 피하긴 했는데 균형을 잃었던 거 같아요. 비도 많이 왔고요. 위험하다고 느꼈는지 남편이 속도를 줄였는데, 그 트럭이 저희 차를 옆에서 들이받았어요. 두 차량 모두 전복됐고요.
진행자 2	그때 돌아가신…… 거군요?
서정희	네. 오빠랑 우리 수빈이가 먼저 하늘나라로 갔어요.
진행자 1	이것 참 뭐라 드릴 말씀이 없네요. 여기 우리 아기 이름이…….
서정희	유리예요.
진행자 2	어떻게 해서 입양을 하시게 된 건지, 말씀을 부탁드려도 될까요?
서정희	트럭에 있던 부부의 아기예요. 그날 사고로 유리의 친부모님도 돌아가셨어요. 그리고…… 유리네가 형편이 좋지 않았어요. 유리가 보육원에 가게 될 수도

있었어요.

진행자 1 아! 그렇게 해서 유리가 어머님의 딸이 된 거군요. 저라면 유리를 입양할 생각은 못 했을 거 같아요. 아무리 사고라고 해도요. 어떻게 보면 그게 그렇잖습니까.

서정희 저도 처음부터 유리를 입양할 생각은 없었어요. 근데 아가한테 무슨 죄가 있겠어요. 유리를 한번 보고 싶다고 했어요. 그런데 보는 순간.

진행자 2 말씀하기 괜찮으시겠어요?

서정희 수빈이가 살아 돌아온 것 같았어요. 수빈이랑 유리는 나이가 같아요. 어쩌면 이것도 운명이라는 생각이 들어요. 정말 잘 키우고 싶어요. 제 딸로 행복하게 잘 살게 하고 싶어요. 수빈이는 먼저 세상을 떠났지만 이제는 아닌 것도 같아요. 유리가 있으니까요. 유리를 지켜 주고 싶어요.

나는 동영상을 멈췄다.

어처구니가 없었다. 속에서 대상 모를 적개심이 고개를 쳐들었다. 나는 어금니를 꽉 물고 화면을 노려보았다. 정지된 화면 속에는 눈물로 범벅된 얼굴의 엄마 서정희 씨와 분홍색 헤어밴드를 한 아기 시절의 내가 어색한 자세로 앉아 있었다.

너무 힘들면 웃어 보라던 고향숙 선생님의 말이 떠올랐다. 이 부조리를 웃음으로 포장해 버리고 싶었다. 세상에 내 참, 별일이 다 있지 뭐야? 하고 코웃음 치고 싶었다.

나는 전원 버튼을 눌러 컴퓨터를 꺼 버렸다. 유리창으로 들어오는 초저녁 노을이 지독하게도 눈부셨다. 나는 눈을 감고 고개를 주억거렸다. 그래. 그랬구나. 그렇게 된 일이었구나. 나는 같은 말을 속으로 반복했다.

엄마와 아빠는 죽었다. 이미 오래전에. 이미 죽어 버린 사람들을 보고 싶어 하고 원망했던 내가 우스워서 나는 하! 하는 소리를 내며 천장을 쳐다보았다. 현기증이 일었다.

자세를 다잡고 문제집을 펼쳤다. 펴고 보니 수학 문제집이었다. 나는 볼펜을 쥐고 수학 문제를 노려보았다. 이를 악물고 한 문제, 두 문제, 그리고 다섯 문제를 풀었다. 더는 머리가 돌아가지 않았다. 핸드폰을 켜고 새로 들어온 메시지가 있나 확인했다. 부재중 전화가 있는지 확인했다. 핸드폰 시계를 확인했다. 확인한 걸 또 확인하고 또 확인했다. 오늘 저녁은 뭘 먹어야 하나 생각했다. 군만두 생각이 났고, 버틴 것은 거기까지였다.

벌어진 입술 사이로 뜨거운 숨이 새어 나왔다. 걷잡을 수 없이 터져 나오는 감정을 누를 수가 없었다. 턱이 떨렸고 눈물이 흘러

내렸다. 나는 양 팔꿈치를 책상에 대고 두 손에 얼굴을 묻었다.

언젠가는 만나고 싶었다.

두 사람 앞에 서서 따지듯이 말하고 싶었다. 나를 왜 포기했느냐고, 당신들과 상관없이 나는 이렇게 잘 살아가고 있노라고, 대학도 나왔고 내 힘으로 돈도 벌고 있다고 당당하게 말하고 싶었다. 당신들과 상관없이, 당신들의 책임과 아무런 상관 없이 나 스스로의 힘으로 잘 살아왔노라고, 그렇게 말하고 싶었다.

가슴에서 쓰고 뜨거운 것이 똘똘 뭉치는 것 같았다. 뱃속에서 무언가가 치받고 올라오는 것 같았다. 나는 이를 악물었다.

보고 싶었던 걸까. 그렇게라도. 엄마와 아빠를.

압력을 견디지 못한 몸이 헉, 하는 소리와 함께 터져 버렸다.

나는 소리를 지르며 울어 버렸다.

26

그 밤이 지나갔고 규칙적인 일상이 다시 이어졌다. 나는 연우를 챙겨 학교에 갔고 할아버지는 집에서 시간을 보내며 몸을 돌봤다. 학교생활도 평소처럼 흘러갔다.

세윤은 내게 미안하다고 말하면서 유명하다고 말한 건 정말이지 실수라고 했다. 입양의 날 특집 방송은 동영상 공유 사이트에서 우연히 보았다고 했다.

그 아기가 나인 건 어떻게 알았느냐고 묻자 그건 할아버지 때문이라고 했다. 초등학교 졸업식 때 할아버지 얼굴을 알아보았다는 거였다. 그때 그 유리가 저 애였구나, 저렇게 자랐구나, 하고 생각했고 그 뒤로 나를 지켜보아 왔다고 했다. 나는 "너 스토커냐? 변태야?" 하고 말하며 등짝을 두 대 치는 것으로 세윤의 사과를 받아 주었다.

수술 일정 잡혔느냐는 내 물음에 할아버지는 말했다.

"잡아 달라고 했다."

좋은 상황인지 나쁜 상황인지 알 수가 없었다. 할아버지는 늘 그렇듯 무덤덤했고 단단했다. 그러면서도 어떻게든 먹으려 애썼다. 사이다에 밥을 말아 먹기도 했다. 혈액 검사 결과가 좋아야 항암치료도 수술도 할 수 있다고 했다. 할아버지는 내게 암에 좋다는 영양제와 버섯 같은 것들을 인터넷으로 주문해 달라고도 했다.

할아버지는 내게 돈 걱정은 하지 않아도 된다며 묻지도 않은 이야기를 해 주었다. 수술비와 입원비가 500만 원가량 나오는데 그 정도 돈은 있다고 했다. 의료보험 덕분이라고 했다. 항암치료가 몸에 잘 받는 편이어서 이제 요양 병원은 가지 않아도 될 것 같다는 말도 덧붙였다.

내심 불안했던 걱정 하나를 내려놓을 수 있었다. 짐작했던 것보다 큰돈이 드는 건 아니구나 하는 생각이 들었다. 할아버지가 금액까지 밝혀 가며 설명해 주어서 좋았다. 돈 문제는 알 거 없다는 식으로 체크카드만 던져 주었던 때와는 달랐다. 그건 특별한 변화였다.

할아버지와의 관계가 달라진 건 분명했다. 할아버지는 1층 식탁으로 내려와 나와 연우 사이에 앉았다. 어리둥절해하는 나와 연우에게 앞으로는 2층으로 밥을 올리지 말라고 했다. 그 뒤로 우리는 둘러앉아 밥을 먹었다. 할아버지는 "너도 좀 먹어야지." 하고 말하며 추어탕을 덜어 내 쪽으로 밀어 주기도 했다. 처음에는 냄새가 역해서 숟가락도 담그기 싫었는데 한두 번 먹다 보니 맛이 괜찮았다. 나는 학교 끝나고 돌아오는 길에 추어탕을 사 왔고 냉장고에 사이다를 채워 넣었다. 추어탕 만드는 방법을 검색해 보기도 했는데 몇 가지 조리법을 살펴보고는 깨끗이 포기했다.

할아버지와 나 사이의 대화도 늘었다. 할아버지는 식탁에서도 핸드폰을 놓지 못하는 연우를 보며 "연우 게임 좀 그만하라고 해야 하지 않니?" 하고 의논을 청하듯 물었고 나는 눈을 가늘게 뜨고 "조만간 핸드폰을 부숴 버리든지 해야겠어요." 하고 대답했다. 순간 할아버지가 멈칫거렸고 나와 연우는 잠깐 얼어붙었다. 할아버지 앞에서 농담을 꺼낸 건 처음이었다. 할아버지는 나를 물끄러미 쳐다보다가 연우의 핸드폰을 집어 자기 주머니에 넣고는 "부수지는 말고." 하고 말했다.

언젠가 할아버지와 둘이 마주한 식탁에서 나는 서정희 씨가 왜 나를 끝까지 책임지지 않은 거냐고 물었다. 사이다에 밥을 말던 할아버지는 별일 아니라는 것처럼 대답했다.

"아무래도 자기 자식은 아니었으니까 뭔가 힘들었던 게지."

나는 추어탕에 제핏가루를 솔솔 뿌리며 대꾸했다.

"그런 말씀을 제 앞에서 참 잘도 하시네요."

할아버지는 나를 쳐다보고는 피식 웃었다. 나는 풋고추를 아작아작 소리가 나도록 씹었다. 그날의 식탁이 좋았다. 뚝배기에 담긴 추어탕과 맑게 붉은 깍두기와 제핏가루의 향과 우리의 짧은 대화를 나는 마음에 담아 두었다. 나를 쳐다보고 피식 웃고 말았던 할아버지의 표정도 오래 기억하게 될 것 같았다. 내가 처음 만들어 드렸던 된장찌개를 맛본 할아버지의 모습처럼. 어쩌면 평생.

할아버지에게서 들은 서정희 씨의 삶은 애잔했다. 서정희 씨는 남편과 딸의 죽음을 극복하지 못했다. 알코올중독이 의심될 정도로 술을 마셨고 다니던 학원에서도 잘렸다. 마음 달래겠다며 친구와 함께 카지노에 갔던 게 돌이킬 수 없는 일이 되어 버렸다고 했다.

할아버지는 말했다.

"어렸을 때부터 중독되는 성향이 강한 애였다. 사는 게 그렇다. 마음먹은 대로 잘 안 되기도 해."

내 책임은 아니라고 말하고 싶어서 죽은 딸을 탓하는 것처럼 들렸다. 그래도 되나 싶었지만 어쩌겠는가? 할아버지의 말이 그렇게 들려 버린 것을.

방송 카메라에 잡힌 서정희 씨의 얼굴은 진실했다. 내 얘기가 아니라면 눈시울을 붉히며 감동 사연으로 보았을 것 같았다. 그러나 나는 알았다. 그 뒤로 서정희 씨가 어떻게 살았는지. 장르 자체가 다른 영화를 억지로 붙인 것 같았다. 말이 되지 않는 그 이야기가 서정희 씨의 삶이었고 연우와 내가 겪은 과거였다.

연우 아빠는 우리 집에 몇 번 찾아왔다. 선물이라며 장난감 로봇과 보드게임 같은 것들을 사 왔다. 나는 연우 아빠의 선물을 모조리 2층 베란다 옷장에 넣어 버렸다. 연우 아빠가 와 있는 동안에는 연우를 내 방에 데려다 놓았다. 나는 연우 아빠에게 정말로 데려갈 게 아니라면 연우를 볼 생각도 하지 말라고 했다.

연우 아빠가 정말 좋은 사람인지 아닌지 알 수가 없었다. 연우 아빠는 연우를 자식으로 대하는 듯했지만 눈빛이나 말투가 어딘지 모르게 닳고 닳은 느낌이었다. 할아버지 건강이 나쁜 상황도 마음에 걸렸다. 할아버지의 집을 노리고 다감하게 구는 것은 아닌가 하는 의심이 불쑥 올라왔고 그럴 때면 말할 나위 없이 불안했다. 다행인지 불행인지 연우 아빠는 얼마 지나지 않아 말을 바꿨다. 부인과 아이들의 반대 때문에 연우를 데려가는 게 당장은 어렵겠다고 했다.

거실에서 연우 아빠의 전화를 받은 할아버지는 낙심한 얼굴로 내게 말했다.

"이를 어쩌면 좋단 말이냐."

그때 나는 소파 앞에서 마늘을 까고 있었다. 할아버지의 계획이 찌그러진 게 은근히 고소했다. 찰떡 꿀떡 무지개떡 맛이었다. 나는 깐 마늘을 절굿공이로 쾅쾅 찧으며 대답했다.

"그러게나 말입니다."

　나와 연우는 수술환자 가족 대기실로 들어갔다. 한 줄로 붙인 의자들이 놓인 대기실에는 할아버지, 할머니, 아저씨와 아주머니, 부부로 보이는 젊은 사람이 띄엄띄엄 앉아 있었다. 대기실에서 나와 연우는 가장 어렸다. 대기실 앞 벽에는 텔레비전과 모니터가 나란히 붙어 있었다. 나와 연우는 의자에 앉아 모니터를 쳐다보았다. 모니터에는 수술 대기, 수술 중, 회복 중, 입원실이라는 문구가 쓰인 표가 떠 있었다. 할아버지의 이름은 수술 대기 칸에 있었다.

　여섯 시간 걸리는 수술인데 경우에 따라서 일찍 마칠 수도 있다고 했다. 핸드폰을 켜자 미희와 주봉이 보낸 메시지가 연달아 도착했다. 학원 끝나자마자 바로 오겠다고 했다. 나는 올 필요 없다고, 걱정 말라고 메시지를 보냈다. 그러면서도 은근히 와 주었으면 했다. 미희와 주봉과 세윤이 보고 싶었다.

나와 연우는 대기실에 나란히 앉아 어깨를 붙였다. 옆에 닿은 연우의 몸에서 온기가 건너왔다. 창밖 날씨는 화창했다. 나는 7층 창밖으로 보이는 초록 산과 푸른 하늘과 하얀 뭉게구름과 까만 점으로 보이는 새들을 바라보았다. 이틀 뒤면 이제 달력의 계절은 여름으로 넘어갈 것이었다.

대기실에서 수술을 기다리는 사람들의 표정은 제각각이었다. 모니터 옆 텔레비전에 눈을 두는 사람도 있었고 두 손을 모으고 기도하는 사람도 있었다. 어떤 사람은 고개를 옆으로 기울이고 졸기도 했다. 연우가 아, 하는 소리를 냈다. 연우는 손으로 모니터를 가리키며 말했다.

"할아버지 수술 중으로 바뀌었어."

조금 전까지 수술 대기 칸에 있던 할아버지 이름이 오른쪽 '수술 중' 칸으로 이동했다. 나는 두 손으로 머리칼을 쓸어 넘겼다. 입원실에서 할아버지는 내게 말했다.

"돌아보니 나는 늘 서툴렀다. 후회도 많고 잘못한 것도 많아. 정희는 내 딸이었다. 내가 잘했어야 했어. 네게도 잘한 게 없지. 이 집안에서 너를 떠나보내는 게 네게 좋은 일일 거라고 생각했다. 지금도 그 생각은 변함없다만. 아무튼, 여러모로 고마웠다."

나는 할아버지의 말을 끊었다.

"유언 같은 거 하시게요? 수술 끝나고 항암 치료 세 번이나 더 받으셔야 되거든요?"

할아버지가 피식 웃었다. 나도 따라 웃었다. 할아버지는 내 옆
에 서 있던 연우에게 손을 내밀었다. 손을 잡아 달라는 의미라는
걸 알아차린 연우가 두 손으로 할아버지의 손을 잡았다. 나는 할
아버지의 민머리를 쓰다듬었다. 할아버지는 내가 머리를 만지는
데도 그냥 내버려 두었다. 침대에 누워 눈만 끔벅거리는 할아버
지의 모습에 눈시울이 찌르르 울렸다.

"우리 할아버지 힘 빠지니까 좋은 것도 있네요. 성질은 죽고
말은 늘고."

할아버지는 꺼칠한 얼굴로 조금 웃었다. 나도 마주 웃어 드렸
다. 연우가 할아버지의 뺨에 입을 맞췄다. 그리고 내가 시킨 대
로 말했다.

"할아버지, 너무 걱정하지 마세요. 아주 잘될 거예요."

내게 몸을 붙이고 머리를 기댄 연우의 어깨를 손으로 토닥여
주었다. 입원실에서 들었던 할아버지의 말이 떠올랐다.

정희는 내 딸이었다.

그 말에 쟁여 넣은 할아버지의 마음을 생각했다. 엄마 서정희
씨가 세상을 떠난 지 한 계절이 지났다. 그 시간을 할아버지는
어떻게 보냈을까 생각했다. 죽을 만큼 힘들었을 터였다. 몸과 마

음의 고통이 영혼을 쥐고 흔들었으나 할아버지는 무너지지 않았다. 괴팍하다고 여겼던 할아버지의 성정이 어쩌면 고통의 터널을 무사히 지나오게 했을지도 몰랐다.

할아버지와 나와 연우는 가족을 먼저 떠나보냈다는 점에서 하나였다. 엄마와 아빠는 어떻게 생겼을까 생각했다. 어젯밤 나는 인터넷 강의를 듣다가 셀카를 찍었다. 사진 변환 앱을 사용해서 내 얼굴을 남자 어른 얼굴로 바꿔 보고 아빠의 얼굴을 상상했다. 여자 어른 얼굴로 바꾼 뒤 엄마의 얼굴을 상상했다. 부부는 서로 닮는다니까, 살아 계셨다면 이런 얼굴로 내 옆에 계시지 않았을까 생각했다.

옆에서 연우의 잠든 숨소리가 들렸다. 나는 연우의 머리를 내 허벅지 위에 올리고 가방에 넣어 온 연보라색 카디건을 덮어 주었다. 연우의 머리칼을 쓰다듬는데 핸드폰에서 메시지 도착 알림음이 울렸다. 화면에 세윤의 메시지가 떴다.

—거의 다 왔어.

나는 '오긴 뭘 와. 오지 마.' 하고 적어 메시지를 보냈다. 문자메시지를 보내자마자 대기실 문이 열렸다. 교복 차림의 세윤은 가쁜 숨을 몰아쉬며 나와 잠든 연우를 향해 손을 흔들었다. 세윤은 내 옆에 앉고 가방을 옆 의자에 올려놓았다. 우리는 연우를 보며 비슷한 정도로 웃었고 학교 얘기를 조금 했다. 세윤이 주위를 두리번거리며 말했다.

"여긴 변한 게 없네."

나는 눈을 동그랗게 뜨고 작은 소리로 물었다.

"여기 왔었어? 무슨 일로?"

"우리 아빠가 2년 전에 위암 수술을 하신 적이 있거든."

처음 듣는 얘기였다.

"야, 그때 말도 마. 의사 선생님이 우리 아빠 얼마 못 사실 거라고 해서 온 가족이 울고불고 난리도 아녔어."

내가 물었다.

"지금은 괜찮으셔?"

세윤은 눈썹을 위로 올리고 고개를 끄덕였다.

"멀쩡하셔. 3년만 더 관리 잘하면 완치 판정도 받으실 거야. 너무 걱정하지 마. 요즘 약도 좋고 의료 기술도 좋대. 잘될 거야."

아무렇지도 않게 말하는 세윤의 태도에 조금이나마 안심이 됐다. 세윤이 으스대는 투로 말을 이었다.

"내가 겪어 봐서 아는데 말이야. 대기실에 있으면 마음만 복잡하고 별별 생각이 다 들거든. 근데 그게 하나도 도움이 안 돼요."

세윤은 가방에서 플라스틱 파일을 꺼냈다. 세윤이 조심스럽게 파일에서 꺼낸 것은 코팅한 편지였다. 그게 뭐냐고 묻는 내게 세윤은 두 손으로 공손히 편지를 건넸다.

"내 보물 1호."

꽃이 군데군데 그려진 작고 귀여운 편지지에 정갈한 글씨가 그 득했다. 나는 편지를 훑어보고는 세윤의 얼굴을 쳐다보았다. 세 윤이 설핏 웃으며 말했다.

"맞아. 엄마 편지. 베이비박스에 두고 간 편지야. 우리 엄마가 얼마 전에 주셨어."

나는 물었다.

"읽어 봐도 돼?"

"그럼. 그러라고 가져온 건데."

나는 세윤을 낳아 준 엄마가 쓴 편지를 읽어 내려갔다.

미안하다는 말이 정말 많았다. 용서를 빌 자격도 없다는 절절 한 말들이 편지지에 빼곡했다. 나처럼 살지 않았으면 좋겠다는 말도 적혀 있었다. 언젠가는 너를 찾아가서 왜 이런 선택을 할 수밖에 없었는지 이야기하고 싶다고 했다. 용서를 구하고 싶다고 했다. 편지는 세윤을 사랑한다는 말과 미안하다는 말로 끝을 맺 었다. 편지 중간중간 번진 자국이 있었다. 눈물 자국이었다. 편지 를 읽는 내 눈에서도 눈물이 돌았다.

나는 짐짓 명랑한 목소리로 말했다.

"야, 진짜 미안하셨나 보다. 미안하다는 말이 백 번쯤 적혀 있 어."

세윤이 씩 웃으며 말했다.

"백 번은 아니고 열세 번."

"그걸 셌냐?"

"백 번 넘게 읽었으니까. 나 이거 외울 수도 있어."

나는 "자랑이다. 자랑." 하고 말하며 주먹으로 세윤의 어깨를 가볍게 밀었다. 세윤은 웃으면서 한숨을 내쉬었다. 나는 편지를 다시 찬찬히 읽었다. 뭉클했고 좋았다. 처음부터 끝까지 다시 읽은 나는 세윤을 쳐다보며 진심을 담아 말했다.

"분명히 좋은 분일 거야. 글씨도 엄청 예뻐."

세윤은 말했다.

"그렇지? 엄마가 그러는데 내 머리가 좋은 건 낳아 준 엄마를 닮아서일 거래."

나는 세윤에게 편지를 건네주면서 말했다.

"좋겠다, 넌. 이런 것도 있고."

"부럽냐? 난 네가 부럽다."

나는 기가 막힌 목소리로 말했다.

"뭐가? 대체 내 어디가 부러워?"

세윤은 얼른 입을 떼지 못하고 입술만 달싹거렸다. 나는 "빨랑 얘기 안 해?" 하고 으름장을 놓았다. 세윤은 "알았어, 알았어." 하면서도 내 표정을 살피며 입을 열었다.

"너희 부모님은 어쩔 수 없이 널 떠나신 거잖아."

난 또 무슨 얘기라고.

"야, 그게 뭐가 부러워. 너는 한 번쯤 만나러 가 볼 수 있는 거잖아. 나는 그럴 수 없고."

세윤이 한쪽 눈가를 찌푸리며 말했다.

"다시 만난다고 해서 그게 정말 좋을까? 그건 잘 모르겠어."

나는 고개를 주억거렸다. 세윤의 마음을 이해할 수 있었다. 내가 상상했던 부모님과의 만남은 죄다 삼류 막장 비극이었으니까.

"엄마가 베이비박스에 나를 맡길 때 열여덟 살이었대."

나는 눈을 동그랗게 뜨고 세윤을 쳐다보았다.

"열여덟?"

"열여덟이면 우리 나이야."

기묘한 충격과 통증이 가슴 한가운데에서 바깥쪽으로 서서히 퍼져 나갔다. 18년 전 세윤을 낳은 엄마는, 이제는 서른여섯이 되었을 세윤의 엄마는 당시 딱 내 나이였다. 내 나이에 임신을 겪고 세윤을 낳았다. 무서웠을 것이다. 울었을 것이다. 부푼 배를 끌어안고 어쩔 줄 몰라 했을 것이다.

잠시 뒤, 세윤이 천천히 말을 이었다.

"얼마나 힘들었을까."

영정 사진 속 서정희 씨와 동영상 속 젊은 서정희 씨의 얼굴을 떠올렸다. 태어나고 얼마 안 돼 세상을 떠난 수빈이라는 아기와 나를 지켜 주고 싶어 했던 서정희 씨의 마음을 생각했다.

서정희 씨가 고마웠다. 없던 과거일 필요는 없었다.

나는 서정희 씨를 생각하며 조용히 말했다.

"얼마나 외로웠을까."

세윤의 입가가 움찔거렸다. 이러다 둘 다 콧물 훌쩍이게 될 것 같았다. 나는 얼른 분위기를 바꿨다. "아이고, 짠하다! 짠해!" 하고 말하며 세윤의 등을 두드려 주었다. 세윤도 나를 보며 빙긋 웃었다. 힘들어서 웃는 웃음은 아니었다. 앞으로 무슨 일이 기다리고 있을지 알 수 없었지만 이런 기분이라면 절벽과 폭포와 밀림과 사막 정도는 어떻게든 건너갈 수 있을 것 같았다.

불쑥, 영리한 생각이 토독 떠올랐다.

"와! 맞다!"

나는 손뼉을 치며 세윤을 쳐다보았다.

"너랑 나랑, 같은 입양 출신이야."

세윤은 어이없다는 얼굴로 웃었다.

"좋냐? 새삼? 그게 좋아?"

"내 얘기 좀 들어 봐."

세윤이 나를 쳐다보며 순한 눈을 껌벅였다. 나는 손짓을 섞어 가며 사업 계획을 설명하는 사람처럼 말했다.

"베이비박스에 자원봉사를 가는 거야."

"뭐?"

"대학 입시 자기소개서에 쓰는 거야. 입양으로 세상을 시작한 내가 베이비박스 자원봉사를 했다고."

세윤이 더욱 어이없다는 투로 소리 내어 웃었다. 나는 검지와 엄지로 딱, 소리를 내고는 눈을 가늘게 떴다.

"눈물이 와장창 쏟아지게 쓰는 거야. 어때, 괜찮지? 세상에 그런 자기소개서가 어디 흔하겠어? 졸면서 읽다가도 정신이 번쩍 날걸?"

나는 팔짱을 꼈다.

"끝까지 다 읽고 나면 나를 합격시키지 않을 수 없을걸? 어쩌면 특별 장학금 같은 것도 생각해 볼지 몰라. 사람 마음이라는 게 그렇잖아?"

세윤이 질린 표정으로 나를 쳐다보며 말했다.

"이 속물."

나는 윽박지르듯 말했다.

"네가 내 처지 돼 봐. 못 할 짓이 없어. 너야 다르겠지만."

세윤이 피식 웃으며 "그래. 다 해 보자. 전부 다. 싹 다." 하고 말했다. 그때, 복도에서 안내 방송이 나왔다. 방송 소리에 깬 연우가 세윤을 보고는 "안녕, 형." 하고 인사했다.

모니터를 쳐다본 연우가 내 어깨를 흔들며 말했다.

"누나, 누나, 수술 끝났나 봐."

연우의 말대로였다. 조금 전까지 '수술 중' 칸에 있었던 할아버지의 이름이 '회복실' 칸으로 옮겨 가 있었다. 나는 시계를 확인해 보았다. 여섯 시간 걸린다던 수술이 세 시간 만에 끝난 거였다. 이 상황이 좋은 건지 나쁜 건지 알 수가 없었다.

나는 연우의 어깨를 끌어안고 정수리에 입을 맞췄다. 세윤이 내 어깨를 두드려 주었다. 툭툭, 하는 느낌과 함께 마음에 새살이 돋는 것 같았다. 나는 한 번 더 힘을 주어 연우의 어깨를 안았다. 연우가 걱정스러운 눈으로 나를 올려다보았다.

수술 결과를 들으러 가야 할 시간이었다.

나는 말했다.

"잘됐을 거야. 아주아주 잘됐을 거야."

연우는 내 눈을 올려다보며 고개를 끄덕였다.

작가의 말

　『홀홀』은 한 입양 가정의 어머니를 인터뷰하면서 시작됐다. 소설 작업은 착실히 진행됐고 조금씩 꼴을 갖추어 초고 상태로 나아갔다. 초고가 나올 즈음, 인터뷰했던 어머니께 초고를 검토해 주셨으면 한다는 채팅 메시지를 보냈다. 오류와 개연성 걱정을 해결하기 위한 일종의 확인 작업이었다. 채팅창에 어머니의 메시지가 떴다.

　그럼요! 당연히 해 드립니다. 그리고 꼭 검토해야 하고요.

　나는 멈칫했다. 지금도 노트북 채팅창에 뜬 그 문구를 보며 잠시 멍했던 기억이 생생하다. 나는 검토를 허락해 주셔서 감사하다고 메시지를 보냈다. 잘 써 보겠다며 호들갑을 떨었다. 대화가 끝난 뒤 나는 한동안 가만히 앉아 있었다.

꼭 검토해야 한다니.

오래도록 기억할 만한 한마디였고 어떤 마음으로 이 소설을 완성해야 하는가를 되새기는 순간이었다. 경쾌하게 오간 대화 맥락으로 볼 때 날 선 말은 아니었다. 그러나 그 문구는 내게는 다음과 같이 들렸다.

당신이 우리 이야기를 어떻게 쓸지 나는 알 수 없다.

당신이 쓰는 이야기가 우리에게, 특히 당사자인 아이에게 상처가 될까 걱정이다.

당신은 우리를 모른다. 그러므로 내게 검사를 받는 게 좋겠다.

나는 그 말의 인상을 다음과 같은 문장으로 정리했다.

한 아이와 평생을 함께하기로 한 우리의 결심을 대상화하지 않았으면 좋겠다.

겪어 보지 않으면 알 수 없는 마음이 있다는 걸 나도 안다. 세상에서 가장 사랑하는 내 딸은 자폐 장애가 있다. 영화나 소설에서 자폐 장애인이 등장할 때마다 나는 신경이 곤두선다. 장애인들이 웃음거리나 억지스러운 감동을 자아내는 소품으로 쓰이는 건 아닌지 걱정이 앞선다. 보면서 마음 편했던 작품은 많지 않았다. 쓴웃음을 짓게 되는 일이 종종이어서 이제는 그러려니 한다.

내 소설은 그러지 않았으면 한다. 『홀홀』이 모든 사람의 마음에 닿는 소설이기를 바라지만 무엇보다 입양 가정으로부터 지지를 얻는 소설이 되기를 소망한다. 이 소설이 그분들께 힘이 되기를 바란다느니, 세상이 그분들의 삶을 알아주었으면 한다느니 하는 말이 섣불리 나오지는 않는 걸 보면 나는 여전히 『홀홀』이 그분들께 불편한 마음을 끼치면 어쩌나 걱정하고 있는 것 같다.

그러나 내 염려와 별개로, 나는 이 소설이 좋다고 여긴다. 모든 고통은 사적이지만 세상이 알아야 하는 고통도 있다. 무엇으로 아프고 힘든지 함께 나누고 이야기해야 세상이 조금씩 더 나아지기 마련이다. 『홀홀』이 없는 세상보다 『홀홀』이 있는 세상이 더 좋다고 나는 생각한다.

소설 속 등장인물의 슬픔이 나의 사연과 맞물릴 때, 우리는 위로를 받기도 하고 힘을 얻기도 한다. 나만 괴로운 게 아니었다. 유리도 그랬다. 세윤도, 할아버지도, 고향숙 선생님도 마찬가지였다. 우리가 우리에게 닥친 슬픔을 삶의 일부로 받아들이기 위해 애쓰듯이 『홀홀』의 그들도 괴로운 일들이 밀려올 때 비켜서지 않았다. 우리는 모두 같은 사람들이었다.

우리가 모두 애쓰는 사람들이라는 것을 느낄 때마다 나는 가만히 미소 짓곤 한다. 딸과 함께 내 안에 성큼 들어서 버린 불안이 무서워질 때, 나는 딸 옆에 있을 누군가를 상상한다. 내가 딸을 떠난 뒤에도 누군가가 딸에게 손을 내밀어 주리라 생각한다. 『훌훌』을 쓸 때 나는 손을 생각하곤 했다. 친절하게 내미는 손, 당겨 주고 토닥이는 손의 이미지를 떠올렸다. 축촉하고 따스한 손이 백 마디의 말, 천 개의 눈빛이 되어 퍼져 나가기를 바랐다.

깨어질 것 같았던 우리의 유리가 훌훌 털어 내고 훌훌 날아가기 시작한 것처럼, 이 소설을 읽은 당신께서도 훌훌 하시기를 바란다. 당신만 힘든 게 아니었다.

오늘 하루를 힘껏 채우시기를.

훌훌 털고 평안한 잠을 이루시기를.

2022년 1월
문경민

훌훌

1판 1쇄 2022년 2월 7일 | 1판 12쇄 2024년 9월 30일

지은이 문경민 | **책임편집** 곽수빈 | **편집** 정현경 엄희정 원선화 이복희 | **디자인** 이지인
마케팅 정민호 서지화 한민아 이민경 안남영 왕지경 정경주 김수인 김혜원 김하연 김예진
브랜딩 함유지 함근아 박민재 김희숙 이송이 박다솔 조다현 정승민 배진성
저작권 박지영 형소진 최은진 오서영 | **제작** 강신은 김동욱 이순호 | **제작처** 영신사
펴낸곳 (주)문학동네 | **펴낸이** 김소영 | **출판등록** 1993년 10월 22일 제2003-000045호
주소 10881 경기도 파주시 회동길 210 | **전자우편** kids@munhak.com
홈페이지 www.munhak.com | **카페** cafe.naver.com/mhdn
북클럽 bookclubmunhak.com | **트위터** @kidsmunhak | **인스타그램** @kidsmunhak
대표전화 (031)955-8888 | **팩스** (031)955-8855
문의전화 (031)955-3576(마케팅) (02)3144-3242(편집)
ISBN 978-89-546-8503-0 03810

잘못된 책은 구입하신 서점에서 교환해 드립니다. 기타 교환 문의: 031) 955-2661, 3580